PANTHEON PROJEKT

16. Juli 2011: für
Gerhard (hier
Italien)
von
Christoph

mit dem Pantheon
unterwegs

Christoph Grau
PANTHEON PROJEKT

A – Z

Ankunft Rom	17
Big Mac	37
Bootsfahrt	47
Camera Obscura	57
Chiaroscuro	69
Drei Inseln	81
Ecke	99
Espresso	109
Fizz	121
Goldene Worte	133
GoogleEarthZoom	139
Haufenbildung	149
Hauptsatz	163
Hokusai	185
Intensivstation	195
Jean Potage	207
Köpfe, runde	215
Kimm	219
Kinderkram	237
Kunstkammer	247
La Dolce Vita	263
Maulwurf	271
Melville	287

Milchholen	295
Mitte	305
Nachwort (Ludwig Seyfarth)	321
Narrenturm	333
Opposition	349
Paradiestür	361
Perlenohrring	375
Quellenangabe	385
Räuber	395
Schnee	413
Seifenblasen	431
Sybille	443
Taubentürme	451
Texte	459
Unicum	469
vDB 142	483
Vorwort / Dank	495
Wasserwaage	505
Wimpernschlag	519
X-beliebig	531
Yellowpress	543
Zeitmaschine (Rolex)	549
Zwiebelhäute	559
Zwei Rezepte	569

Ankunft Rom

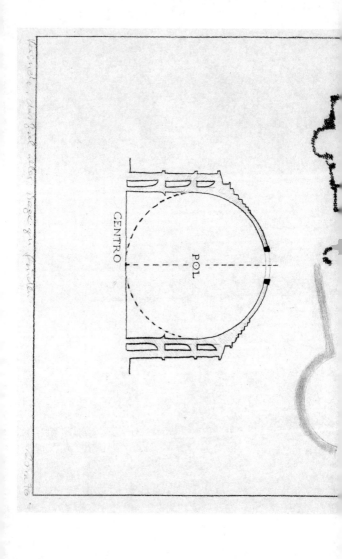

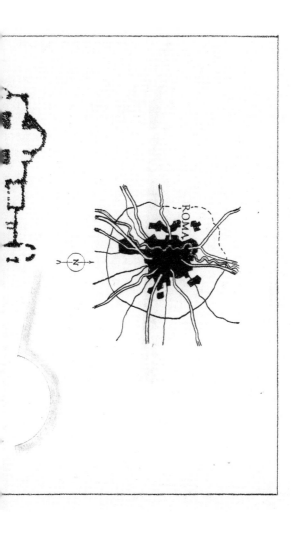

Strecke a — b = Entfernung zum Himmel/Architektonisches Einlenken

R. O. M. Roms Mitte zu finden ist ganz einfach. Man betritt die Stadt wie Goethe, im Norden an der Porta del Popolo, und gelangt auf eine weite Piazza. Deren Mitte wird von einem gigantischen Obelisken markiert. Die hohe Nadel verortet den Standort, bringt ihn universell auf den Punkt. Von hier aus bietet es sich an, ein nach Süden weisendes Lot zu fällen. Die auf den Stadtplan fallende Gerade durchschneidet das Mausoleum des Augustus, das nächste ins Auge fallende konzentrische Bauwerk, und verläuft weiter, wie eine Sehne auf den nach Westen ausweichenden Bogen des Tiber gespannt, über die Isola Tiberina, wo sie vom Fluss aufgenommen und weitergetragen wird, dem Meere zu. In der Projektion einer kreuzenden Linie liegt im Westen die Engelsburg, die nochmals runde, markante Grabmals-Feste Hadrians, sowie, als ihr unausweichlicher und doppeldeutiger Gegenpol, das Kolosseum. Zwar hätte es gereicht, an der Tiberbogen-Sehne zu zupfen, aber mit dem Kreuzungspunkt dieser zweiten Doppelthältbesserlinie ist die Mitte Roms endgültig markiert: das Pantheon, das man nun von Norden her in horizontaler Bewegung und festen Schrittes betreten kann. Im Inneren der Mitte angelangt, sollte man den Kopf in den Nacken legen. Das gewaltige Opeion im Scheitel der Kuppel saugt alle Aufmerksamkeit nach oben, lässt sie gleichsam im metaphysischen Raum transzendieren. Benvenuto a Roma!

Dieser Kern in der Stadt wurde zu einer Zeit erbaut, als Rom selbst als die Mitte der Welt galt. Das Pantheon muss, über die bloße Verortung hinaus, diesem Gedanken standhalten. Der Bau großer städtischer Architekturen war und ist zu allen Zeiten auch mit dem Ziel verbunden, Zeichen zu setzen. Die Oper in Sidney, der Millenium Dome in London, das World Trade Center in New York, das Burj Al Arab in Dubai: All diese Bauten setzen auf die phänomenale Kraft der Architektur,

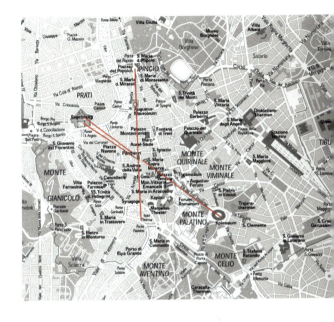

große Gedanken zu versinnbildlichen. Kein menschliches Werk scheint geeigneter zu sein, Ansprüche und Visionen öffentlich zu formulieren, und das über kulturelle und sprachliche Grenzen hinweg. Der Architekt des Pantheon, Apollodor von Damaskus, wollte den zentralistischen, cesarischen Gedanken und den weltumfassenden, imperialen Strukturen seiner Zeit eine Form geben. Er konnte seine Auftraggeber, Trajan und dann dessen Adoptivsohn Hadrian, für das gigantische technische Wagnis gewinnen, indem er nichts Geringeres als ein Welt-Zeichen entwarf. Der Syrer Apollodor erbaute das Pantheon zwischen 115 und 125 nach Christus, oder besser gesagt, er setzte es regelrecht in Szene. Mit seiner Erscheinung trat etwas in die Welt, das über die Tatsachen seiner Konstruktion hinausweist, das weit mehr verkörpert als den großartigsten, monumentalsten und genialsten Rundbau der Alten Welt.

Viele spätere Beschreibungen sehen im Pantheon ein tatsächliches Weltwunder. Die Bezeichnung ist schon deshalb gerechtfertigt, weil das Gebäude, weit früher als in der wissenschaftlichen Astronomie, die Erde als Kugel inmitten der sphärisch erscheinenden Weite des Himmels inszeniert. Der Saal des

Bauwerks umfasst eine exakte, lichte Kugel von mehr als 43 Metern Durchmesser. Die Kuppel wölbt sich als perfekte Halbkugel über diese enorme Weite, welche bis ins 20. Jahrhundert architektonisch nicht übertroffen wurde. In der gleichen Höhe fallen im Scheitel der milchig dämmernden Sphäre das Licht des Tages und das Dunkel der Nacht durch eine 9 Meter weite, runde Öffnung. Hier oben verbindet sich der innere Raum mit dem Weltganzen, das in ihn einsinkt und ihn gleichzeitig geometrisch umhüllt. Apollodors wundervoll konstruierte Halbkugel ruht auf einem zylindrischen, mächtigen Unterbau, dessen Höhe im Inneren genau einem Kugelradius entspricht. Sein Umkreis markiert den oberen Rand der zweiten, unteren und unsichtbaren Halbkugel, auf der die feste Kuppel ruht. Der Zylinder wird von einer umlaufenden Gesimskrone abgeschlossen, die wenige Zentimeter in den Raum hineinkragt. An dieser Stelle verschmelzen die beiden Kugelhälften zu einem großen Ganzen. Dennoch zieht das

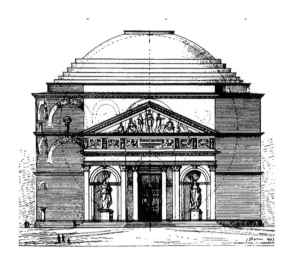

Gesims einen zarten, gekerbten Äquator um die lichte Sphäre und beharrt auf ihrer Zweiteilung in Sichtbares und Unsichtbares. Der sichtbar gebaute Kuppel-Himmel verweist auf die unfassbare Weite des Universums. Die unsichtbare, imaginierte Kugelhälfte scheint den Boden der Tatsachen in seiner Mitte zu berühren. Oder ist hier unten der Himmel eingezeichnet, der auch unter uns unsichtbar liegt? Und ist dementsprechend die sichtbar gebaute Kuppel der Hinweis auf die Grenzen unserer Vorstellungskraft? Diese sich gegenseitig spiegelnden Kuppeln pulsieren in der Schädelkalotte des Philosophen. Die anderen Betrachter dieses Ereignisses werden staunend darin stehen und von der Geometrie des Ganzen umhüllt.

Vor mir liegt ein apfelgroßer, hölzerner Globus. Die Meere und Kontinente sind zu erkennen und sogar manche Flüsse und Gebirge. An seinem Äquator kann man ihn öffnen,

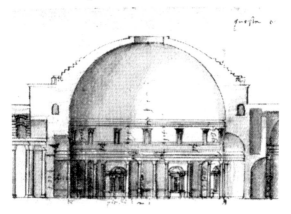

Galilei, Mondphase 1

denn er ist hohl gedrechselt wie eine Russische Puppe.

Das Innere der beiden geöffneten Kuppeln ist blau ausgemalt und zeigt verschiedene Sternenbilder. Eine zweite innere Kugel trägt die 12 Symbole der Sternzeichen, aber auch diese Schale ist zu öffnen und darin umfängt ein weiterer, galaktischer Himmel eine Sonnenkugel. So ist die globale Geometrie nach innen gestülpt, und der in die Sonnenkugel eingelegte kleine Mond eröffnet noch eine weitere Projektion.

Der Römische Kalender kommt ins Spiel. Zunächst verkürzt die oberste, pyramidale Zuspitzung des Obelisken auf der Piazza del Popolo brillant unser irdisches Entferntsein von den Sternbahnen kosmischer Zeitläufe, aber die dünne Steinnadel fängt uns zumindest die genaue Tageszeit in ihrem schmalen Schatten ein und deutet mittags um Zwölf zuverlässig auf die Kirche S. Maria del Popolo wie auf eine Ziffer. Das Pantheon hingegen soll die Zeit nicht als Strich, sondern als Raum vermessen, soll selbst ein Zeitraum sein, gewissermaßen eine umgestülpte klassische Sonnenuhr, nicht nur Schatten, sondern Wirklichkeit. Deshalb wirft sich die Sonne selbst, wie ein lichter Moment, auf die dämmernde Wölbung der Kuppel. Da es unmöglich wäre, ihre Position auf einer ebenmäßigen

Sphärenschale gültig abzulesen, wird das Gewölbe des steinernen Himmels von eingeprägten Kassetten gegliedert. Meridiane und Breitenkreise ordnen und verteilen die Lichtprojektion auf fassbare Stunden und Monate. Die Zeit wird sorgfältig seziert, und wenn die aufleuchtende Sonnenscheibe die dreifach gestuften, zurückspringenden Kassetten kitzelt, sich in sie hineinfaltet, sanft über sie hinwegstreicht, dann erlangt sie selbst wieder eine pulsierende Kraft, die ihrem metaphysischen Charakter entspricht. Und da liegt wieder der Mond in der Sonne. In den vier mal sieben Segmenten und den 28 Kassetten umläuft ein ganzer Mondzyklus das Haus. Die sich verjüngenden Vertiefungen der insgesamt 140 in fünf übereinanderliegenden, konzentrischen Ringen geordneten Kassetten lösen die Geschlossenheit der steinernen Kuppel auf, verleihen ihr Schichtungen und Transparenz wie bei einer geschnitzten chinesischen Elfenbeinkugel und lassen erahnen, dass der Himmel eine Umhüllung aus Raum ist.

Der Marmorboden des Gesamtkunstwerks Pantheon nimmt die Herausforderung des Himmels an und verschmilzt mit ihm zu einem weiteren Ganzen. Das obere räumliche Spiel der Sonnenscheibe in den kartierenden Kassetten wird wie ein Echo von der Fläche zurückgeworfen, die merkwürdig räumlich wirkt. Große, helle, quadratische Marmorplatten,

Zentrale Bodenplatte, Pantheon

in ein dunkleres Quadrat eingebettet, liegen in stetem Wechsel mit gleich großen, gelben Platten, in die, wiederum abwechselnd, helle oder dunkle Kreisscheiben eingeschrieben sind, wie eine Reflektion des Wechsels von Tag und Nacht. Die Farben springen vor oder sinken ein: diagonale, parallele, vertikale Rhythmen durchweben einander. Zwei ausgewogene Welten begegnen sich. Das Quadrat legt seine irdische Wucht in erhellende Eckpunkte und Koordinaten, die runden

1. - Il monumento e la sua datazione

Il grandioso monumento, meraviglia dell'architettura romana, che Michelangelo definì « disegno angelico e non umano », e Urbano VIII chiamò in una iscrizione posta a destra della porta « aedificium toto orbe celeberrimum », è ancora in piedi in tutta la sua integrità, salvo il tetto del portico, rifatto dallo stesso papa, l'angolo orientale del pronao, restaurato da Urbano VIII e da Alessandro VII, e qualche particolare decorativo dell'interno; la sua volta massiccia e potente ha sfidato l'ira dei secoli; la sua aula conserva ancora le colonne e le nicchie originali; il suo pronao sostiene quasi intatto il frontone, in cui appaiono i fori del bronzeo fastigio, che l'ornò fino alla calata delle orde barbariche (tav. I).

Sull'attico si legge tuttora in lettere di bronzo (le lettere furono rimesse dal ministro Baccelli, ma innestate nello stesso solco antico) il nome di Agrippa, il ben noto genero e consigliere di Augusto, che dedicò il tempio durante il suo terzo consolato, cioè nel 27 av. Cr. Felice documento, senza dubbio, ma quale fonte di incertezze e di discordie!

Fig. 1. — La struttura planimetrica (*P. O. Armanini*).

Kreisscheiben dazwischen changieren, amüsiert und unangestrengt das Raster herausfordernd, in himmlischer Gelassenheit und Komplexität.

Das Muster transformiert noch einmal. So wie die Kuppel oberhalb von sieben planetaren Ringen gehalten wird, öffnen sich unter ihr, im Zylinder der Rotunde, sieben Kapellen. Auf jeden winkligen Grundriss folgt ein halbrunder. Vier Kapellen wenden sich der Ecke zu und drei folgen dem Bogen. Das Pantheon erkennt, das Pantheon ordnet. Rom zählt nicht nur seine Stunden, Tage, Wochen, Monate, Jahre, sondern den ganzen kosmischen Raum in ein einziges, schlichtes Gefäß. Das griechische Wort kósmos hat gleich drei Bedeutungen: Ordnung. Schönheit. Welt.

Roms Mitte weist über alle Stadtgrenzen hinaus.

Amtlicher Festpunkt

Big Mac

Das B steht früh auf im Alphabet und schon erscheint es und mit ihm *Big Mac*, der sich wie immer nach vorne drängt: Schnell verdeckt er die Zeit, verschlingt er die Wünsche und Bilder, in einer nur ansatzweise gelungenen Momentaufnahme einer Schülerfahrt von Hamburg-Altona nach Rom:

Treffen um drei beim Pantheon, hat Schlüter gesagt. Jetzt ist halb. Lucas und Faris sind schon da, bisschen früh. Voll verpeilt und alles beim. Um eins beim Hier, um zwei beim Da. Muss man auch erst mal finden: beim Pantheon! Ist voll daneben. Davor stehen, oder was? Auf dem Platz? Dahinter? Gegenüber? Vorne rüber ist McDonald's. Das ist auch beim. Vielleicht meint sie ja. Klar, meint sie. Alle kommen beim, ganze Klasse. Und Schlüter wird noch checken. Also Kombüse Mac Doof! Sie holen sich einen Burger und setzen sich draußen. Voll der Blick aufs Pantheon. Gestern hat Schlüter schon mal erzählt, so Planung und alles, dass man schon mal drüber denkt.

Das Pantheon ist also rund. Ist ein Fuchs, Schlüter. Kommt immer voll ins Schwelgen: genau rund und so, total rund, weltkugelmäßig rund. Geht richtig ab bei ihr. Faris macht sie nach, hält den Burger hoch, deckt das Pantheon ab: genauso, so fett so und rund und alles drin. Das ist krass globusmäßig, das Weltbild. Mampft jeder das gleiche Ding. Einmal rundrum. Geil. Und du kannst gleich erkennen, voll runde Sache nämlich.

Lucas zieht nach: Hier, das Teil guckt dich an, Bruder, ist krass gut gebaut, liegt voll gut in der Hand. Motiviert echt. Nicht lang denken, einfach reinschieben und kommt sofort gut. Sofort voll kreativ. Oben und unten, Mitte voll fette Scheibe, super weich, sackt so rein, nicht erst kompliziert. Sollten wir nachher mal ablassen, gibt bestimmt guten Eindruck bei ihr.

Nr 1 Vietnamesiske vårruller m/søtsur saus

Nr 61 ½ kylling beinfri m /salat i søtsur saus

kylling m/søtsur saus   Nr 6 Innbakte blekksprut m/s

nd m/salat i søtsur saus   Nr 8 Stekt ris m/reker, ky

Nr 68 Kylling i sitrongress m/chilli og agurk uten saus

Nr 67 Oksekjøtt

Nr 33 Svinekjøtt i satay saus

Nr 60 Kyl

m/chilli og agurk   Nr 49 chop seuy de-luxe, kongereker, okse kylling og svin

i karrisaus   Nr 43 Kongereker i kinesisk brun sau

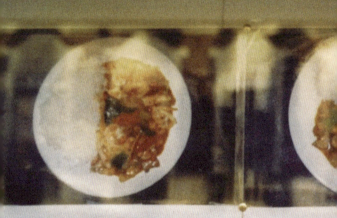

Nr 52 Kongereker, okse, kylling, svin i kinesiske brun saus

Nr 35 S

59 Kylling i hoisin saus med cashewnøtter

Nr 37 Sv

Bootsfahrt

•

Im Winter staut sich der Tiber. Geröll wird vorgeschoben, Baumstämme und Astgestrüpp verkleben die Brückenbögen und die Wassermassen überschwemmen das flache Marsfeld in der Flussschleife. So geschieht es am 28. Dezember 1870. An diesem Tag stakt ein Bootsmann mit seinem Kahn ganz alleine und seltsam gestimmt durch die weite Halle des Pantheon. Wenn er jetzt, in der Mitte des kuppelüberwölbten Sees, dessen Spiegel kein Windhauch kräuseln kann, wo nur das plätschernde Echo der Bootsplanken den Luftraum der Grotte glucksen lässt, wenn er jetzt, ebendort, inmitten der Spiegelung des ihn nun ganz umfassenden Himmels, den Kopf in den Nacken legte, um mit offenem Mund nach oben zu staunen, wodurch er den wirklichen Raum nun endgültig aus den Augen verlöre und somit auch sein schwankendes Gleichgewicht, und wenn er mit einem gewaltigen, vielfach wiederhallenden Schlag ins Wasser stürzte, dann würden die ringförmig nach außen eilenden Wellen von den rund geschlossenen Wänden des Pantheon kreisförmig zurückgeworfen werden und zu dem verunglückten Bootsmanne zurückkehren, um ihn, nach einem Schwapp in seinen jetzt noch weiter geöffneten Mund, gleich wieder zu verlassen.

Jetzt fließt der Tiber so tief in einer gemauerten Schlucht, dass er kaum mehr zur Stadt gehört, geschweige denn, dass er sie überschwemmt. Aber die Jahreszahlen der früheren Flutungen und ihre Höchstmarken sind an der Fassade der Kirche S. Maria sopra Minerva (Vertikale!) auf verschiedenen Marmortafeln sorgfältig vermerkt. Diese Marken studierten  die acht Hamburger Kunststudenten beflissen, bevor sie ihren Professor im benachbarten Gebäude, dem Hotel Minerva, zu einem abendlichen Kinobesuch abholen. Man war

FILM

Johnny Depp in „Das geheime Fenster"

den ganzen Tag über fleißig gewesen, hatte das spiralig aufsteigende Relief auf der Säule des Traian, das vom Fall der Daker berichtet, mit den sich über dem Petersgrab festlich emporwindenden Bronzesäulen des Bernini verglichen, welche dieser, einem Gerücht zufolge, aus den vorchristlichen Bronzebeschlägen des Pantheon-Vorhallendachs gefertigt haben soll. Um solcher- und allerlei Gedanken über die Aufhebung der Schwerkraft auf eine gewisse Spitze zu treiben, wurde auch bemerkt, dass daraus auch Kanonen hätten gegossen werden können, so aber vielleicht noch etwas übrig geblieben ist, um die Doppelhelix des Treppenhauses in den Vatikanischen Museen mit einem Geländer auszustatten. Man hatte also viel über Auf und Ab, über Gewinn und Verlust nachgedacht, und zu guter Letzt ließ der Student Burkard H. noch einen Luftballon im Inneren des Pantheon aufsteigen, der auch tatsächlich seinen Weg nach außen fand, was insgesamt aber einen eher gewöhnlichen Eindruck auf die jungen Denker machte. Das

Wort Luftblase (im hohlen Sinne) machte die Runde. Stand dieses nicht auch in einem Zusammenhang mit dem Vorhaben, den Film *Die Truman Show* mit Jim Carrey anzuschauen?

Dieser Name Truman, sagte der Professor B., persifliere die Schizophrenie des freiwillig dummen Volksamerikaners, der sich seine allergrößten Wahrheiten ausgerechnet aus offensichtlichen Lügen konstruiere, und hierin sei er dem römischen Bürger des Untergangs sehr ähnlich. (Hier der Verweis auf das Kolosseum.) Jim Carrey, fügte die Studentin Sybille O. hinzu, sei auf den amerikanischen Narrenschiffen die Idealbesetzung des Matrosen vor dem Mast, aber alle hörten aus dieser unerwartet klugen Bemerkung nur ihre Absicht heraus, B. mit erotischen Anspielungen beeindrucken zu wollen, und außerdem verwechselte sie Jim Carrey mit Tom Hanks.

Truman Burbank ist die Zentralfigur einer seit seiner Geburt um ihn herum konstruierten Daily Soap, durch deren Raffinesse er gar nicht bemerkt, dass er in einer Show auftritt.

Er glaubt, ein ganz normales, sonnendurchflutetes, amerikanisches Männerleben zu führen. Jedoch! Eines Tages erschüttert ihn eine winzige Unstimmigkeit im großen Ganzen: ein Scheinwerfer (!) fällt aus dem heiteren Himmel in das Welt-Paradies hinein, das fortan von Misstrauen überstrahlt und von Erkenntnis vergällt ist. (Wechsele von Dürers *Adam* zu Masaccios *Vertreibung.*) Schließlich will Truman diesen Ort, das Paradies, verlassen, das ihm zunehmend zur Hölle wird. Er besinnt sich auf das stärkste Vehikel eines amerikanischen Jungen, um Freiheit und Abenteuer zu erlangen, sofern er kein Pferd, kein Motorrad und keinen Pick-up besitzt: Jim takelt seine wunderschöne, kraweelgeplankte Cape-Cod-Jolle auf und sticht in See. Erst als sich der Klüverbaum seines Segelschiffs direkt in den Himmel bohrt, auf Augen- und Horizonthöhe, wird ihm das ganze Ausmaß seiner Gefangenschaft bewusst: Seine Welt ist nur eine Blase, ein gigantischer Kuppelbau. Dort, wo sich im Zenit des Pantheon der Himmel öffnet, thront hier, über allen Wassern, die Regie.

Camera obscura

Die Erschaffung der Welt

IN PRINCIPIO CREAVIT DS CELUM

Eine Zeit lang, als ich noch klein war, musste ich mich, da von etwas schwächlicher, auch durch Lebertran nicht zu ändernder Natur, nach dem Mittagessen für eine Stunde ins Bett legen. Damit ich mich dabei auch wirklich gut erholte, wurde der schwere Rollladen vor dem Fenster erbarmungslos herabgelassen. Ich lag also jeden Tag zur Mittagszeit in meiner dunklen Kammer und versuchte tapfer, dem Stillstand der Zeit irgendeinen Gewinn abzutrotzen, bis ich eines Tages plötzlich bemerkte, dass ich nicht alleine war. Der liebe Gott persönlich war mit mir in meinem Zimmer. Gott hatte Mitleid mit mir und beschlossen, mich zu unterhalten. Hierzu zeichnete er ein zartes, leuchtendes Bild an die Wand, das haargenau das zeigte, was ich sonst aus meinem Fenster heraus hätte sehen können. Zwar war das Bild etwas hoch an der Wand und nicht gerade groß, auch war es verkehrt herum und stand auf dem Kopf, aber das, dachte ich, lag wohl daran, dass Gott oben im Himmel wohnte und deshalb alles verkehrt herum ansah. Außerdem hatte er auch nicht die Zeit, sich um derartige Kleinigkeiten zu kümmern, und ich war ihm auch so sehr dankbar. Er bekam ja auch alles genau mit: Hin und wieder fuhr ein Auto vorbei, ich konnte es hören, die Birke im Vorgarten bewegte die Zweige im Wind, die Nachbarin kam vom Einkaufen zurück, und Phylax, der Pudel von Frau Dr. Bayer gegenüber, lief mal nach links und mal nach rechts den Zaun entlang. Wenn es auf die Dauer auch etwas langweilig war, so fühlte ich mich nicht mehr alleine gelassen und war froh, dass ein wenig Leben in mein Zimmer drang. Weshalb die Bilder an manchen Tagen ausblieben, bereitete mir allerdings Sorgen, und ich suchte nach möglichen Fehlern in meinem Verhalten. Eines Tages sprach ich darüber mit meinem älteren Bruder. Der wollte meiner Offenbarung nicht so recht glauben, und ich musste sie ihm beweisen. Ich klopfte also an die Wand, als es wieder so weit war, er schlich sich zu mir ins Zimmer und untersuchte mein Wunder ganz genau. Bald sah er, dass die Bilder durch ein Loch im Holz des Rollos hereinstrahlten. Aus einer Lamelle war der kleine Pfropfen eines Astlochs herausgefallen, und er fand heraus, dass die Bilder verschwanden, wenn er die Hand davor legte. Er besaß Bücher wie *Unser Freund das Atom* und *Das Neue Universum*, weshalb Michael es auch endgültig und in kürzester Zeit herausbrachte, dass Gott über Mittag nun wirklich keine Zeit hatte und ich lediglich in einem ganz gewöhnlichen optischen Allgemeinwissen wohnen würde, welches man schon lange kannte und das Camera obscura genannt wurde. Er war eben zwei Jahre älter als ich.

Später, als ich selbst älter war, las ich bei Gilbert K. Chesterton, dass er eine Gewohnheit pflegte, die er Topsy-turvy nannte. Ab und zu stellte er sich auf den Kopf, um die Wirkung der alltäglichen Welt durch eine seltene Perspektive und die Leibesübung wieder aufzufrischen. Dann konnte er die zarte Sphärenmusik wieder hören, für die wir nur deshalb taub sind, weil sie uns von Geburt an unaufhörlich in den Ohren klingt. Aber vielleicht hatte ich meinen Anteil am Drogencocktail aus schlichter Physik und göttlicher Offenbarung schon damals im dunklen Zimmer verbraucht, jedenfalls ist mir persönlich nie wieder ein brennender Dornbusch erschienen.

Es war mein Freund Peter, der mit dieser alten Geschichte wieder anfing, als wir nebeneinander im Pantheon standen und das große Kuppelloch bestaunten. Er fing an, von einer Mega-Camera-obscura zu schwärmen. Nächtelang hatte er über diese Sache nachgedacht, Ideen niedergeschrieben und gezeichnet, um herauszufinden, wie er das Gehäuse des Tempels als Lochkamera nutzen könnte. Er wollte mit großen Bahnen lichtempfindlicher Fotopapiere arbeiten, die von riesigen schwarzen Folien entdeckt würden, um sich dem Brennbild der (eventuell modifizierten) Neunmeterlinse auszusetzen. So würde er eine gigantische

Serie von 43 Meter großen Foto-Tondi entwickeln, die das wahre Gottesbild zeigen und es sowohl bei Tag als auch bei Nacht durchleuchten würden. Leider durfte ich diese Aufzeichnungen nie ansehen. Auch jetzt, 30 Jahre später, findet Peter immer neue Gründe, weshalb es gerade nicht möglich sei. Er kann das Bildereignis nicht anders erwartet haben denn als eine erstaunlich scharfe und kontrastreiche Wiedergabe des jeweiligen Himmels, bewölkt oder sternenklar, mit entweder positiver oder negativer Lichtdokumentation, gerahmt vom Rund der Pantheon-Pupille. Ich stelle mir diese Monumentalarbeiten und Gotteskonzentrate in einer Ausstellung sehr wuchtig und mystisch vor. Vier oder fünf solcher Aufnahmen wären zu sehen, unendlich schöne Lichtrisse, gewaltige, schwarze oder weiße Bildscheiben, vielleicht an der Kesselhauswand der Tate Modern, oder, wenn die nicht reicht, in einer dafür von Frank Gehry entworfenen Halle, in einem erwachsen gewordenen Kinderzimmer am Ufer des Zürisees.

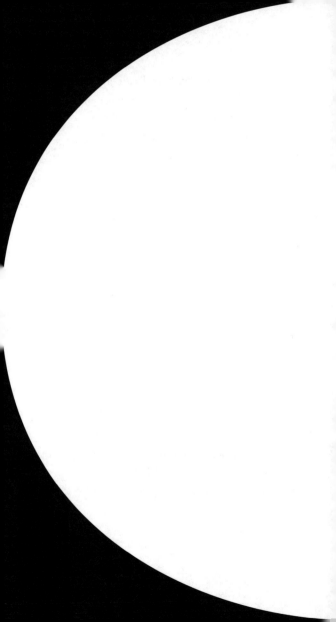

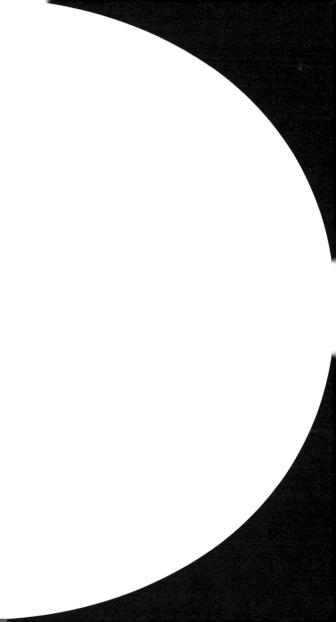

Chiaroscuro

•

Olafur Eliasson/Tate Modern
The Weather Project

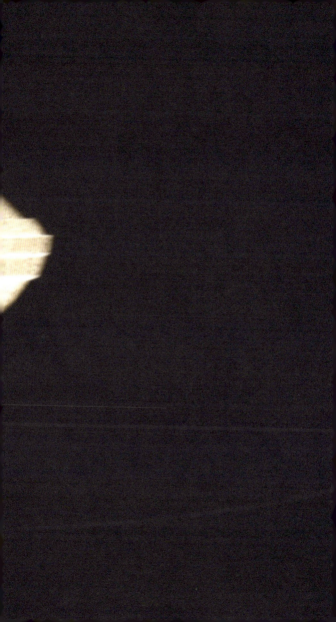

Eine Freundin von mir ist eine sehr gute Fotografin mit zwei starken Vorlieben. Die eine betrifft das Schwarz-Weiß, die andere besteht in einer leidenschaftlichen Freude an feinem Rotwein und gutem Essen. Diese führt sie oft nach Italien, insbesondere nach Rom, wo sie immer genau jenes Zimmer anzumieten pflegt, das direkt über dem kleinen Kiosk neben der Bar an der kurzen Ecke wie eine Königinnen-Loge auf das Pantheon blickt. (Jetzt, angekommen vor Ort, muss nur noch erwähnt werden, dass diese Freundin, ich möchte sie Carbonera nennen, das Pantheon ebenfalls als einen alten Bekannten betrachtet, der jeden Morgen aufs Herzlichste begrüßt werden will, bevor man zu seinen Rundgängen aufbricht.)

Carbonera ist nun das, was man gemeinhin als ein Sprachgenie bezeichnet, was sie bei jeder geeigneten Gelegenheit auch anklingen lässt, notfalls im Dialekt, und sie beherrscht dabei, selbstverständlich, jedes Instrument des italienischen Orchesters, das Sfumato und das Chiaroscuro. Letzteres, wundervoll rollend intoniert, erklärte sie mir einmal an den optischen Besonderheiten unseres gemeinsamen Freundes, dem Pantheon: Ein gutes Chiaroscuro, sagte sie, ist keineswegs eine demokratische Angelegenheit, denn die Verteilung von Hell und Dunkel muss, um ein spannungsreiches und wirkungsvolles Gesamtbild zu ergeben, wie das Wort selbst aufgebaut sein: Zuerst kommt das Chiaro, das Licht, das den Blick auf sich zieht, dann erst klingt, sehr viel weicher, das Scuro als dunkler Hintergrund nach. In das Pantheon fällt nur wenig und sorgfältig dosiertes Licht, das dann die Weite des verdämmernden Raums wie einen Nachhall des eigenen Echos dehnt. Chiaro ist der Gegenstand, und Scuro ist der Raum. Das eine dient der Erkenntnis, das andere dem Gefühl. Beides ist zu einem Ganzen untrennbar verschmolzen, beides zusammen ergibt eine klare, große Form mit einem sehr spezifischen, lichten Kern. Das Pantheon ist also, alles in allem, eine lupenreine Lichtsphäre, die ohne jedes zusätzliche Motiv auskommt, ähnlich wie eine Wahrsagerinnen-Kristallkugel, die nur deshalb völlig leer erscheint, damit in ihr etwas zu entdecken ist. Licht ist der Tag, dunkel die Nacht im Pantheon, aber niemals ist es ganz hell oder ganz finster.

Diese Erklärung gab mir Carbonera am Stammtisch des »Cuneo« in Hamburg, dem einzigen »Italiener« in dieser Stadt, aber es traf sich, dass wir beide kurz darauf nach Rom fuhren, wo wir das noch frische Hell-dunkel-Gespräch wiederaufnahmen. Wir glaubten, die besten Chiaroscuro-Beispiele im direkten Umkreis des Pantheon finden zu können, wo wir uns nur an die Fersen des versierten Caravaggio zu heften hätten. So erblickten wir ein paar Straßen weiter die schmutzigen, dennoch aufleuchtenden Fußsohlen eines Pilgers in S. Agostini, wo er vor der Madonna dei Pellegrini niederkniete; so erkannten wir in S. Luigi dei Francesi, ganz in der Nähe, dass sich Matthäus gerade in dem Moment, da er von dem gleißenden Bannstrahl seiner Berufung getroffen wurde, im Dunkel zu verlieren schien, und so sahen wir im Antlitz des Petrus von S. Maria del Popolo die unglaubliche Entrüstung, als er die Primitivität seiner Ermordung im kalten Licht der Finsternis erkennen musste. Das schicksalhafte Aufeinandertreffen verschiedener Welten, erst sanft und jetzt mit größter Brutalität, berührte uns.

Carbonera fotografierte ununterbrochen. Sie hatte die gehetzte Anspannung einer Dokumentarfotografin inmitten sehr schnell ablaufender und unerwarteter Ereignisse. Es war die unfassbare Präzision, mit der Caravaggio sein sparsames Licht in die Intensität eines konkreten Ereignisses führte, mit der er die psychische Natur des Augenblicklichen punktgenau erhellte, die sie zu solcher Eile trieb. Um unseren Giro di Caravaggio noch abzurunden, besuchten wir auch den Narziss im Palazzo Barberini. Hier war tatsächlich wieder der Ausgangspunkt der ununterbrochenen

Spekulation erreicht, das Pantheon: Der über sein Spiegelbild gebeugte Narziss war das gemalte Abbild der unvereinbaren Einheit, ein Chiaroscuro zweier Sphärenhälften, ein schwarzer und ein weißer Spiegel, ein oberer Bogen des Ich und ein unterer der Seele. Beide wurden mit der Spannung eines muskulösen Kniegelenks aneinandergedrückt, seitlich aber sanft voneinander weggehalten, in selbstverliebtem Verharren.

Mir fiel erneut der große Spezialist des Narziss-und-Echo-Phänomens ein, Gilbert K. Chesterton, dessen Essays wie Gedankenblitze in auch weniger exponierte Verhältnisse, mitunter direkt in »Die Wildnis des Häuslichen Lebens« einschlagen. In seinen doppelbödigen Behauptungen hat das Chiaroscuro den Wert einer Lieblingsmetapher, unabhängig und frei von allen ästhetischen Lichtverhältnissen. Er verwendet es wie eine Kippfigur des anschaulichen Denkens, eine Freiheit, die zu unerhörten Heldentaten ermutigt. Durch sie bekam ich die Möglichkeit, die gebaute und

Caravaggio, Narziss

die gedachte Halbschale der leeren Pantheonsphäre mit dem vollgestopften Bild eines Anonymus des 16. Jahrhunderts aus Basel zu vergleichen: Ein alter Christophorus hält sich an einem entwurzelten Baum fest, geschwächt vom unglaublichen Gewicht eines winzigen, jungen Christusknaben. Er ist von einer sphärischen Stofflichkeitswolke umhüllt, die als roter, kosmischer Wirbel kugelförmig seine Hoden umwallt. Das Kind ist das genaue Gegenbild. Es hält in lockerer Hand die Fahne der Christenheit, ist in fleckenloses Weiß gekleidet und, ganz universal gedacht, von einer starren, ausgedachten und zeichenhaften Amillarsphäre eingenommen. Die Szene liefert eine Rosso-bianco-Variante des Chiaroscuro. Fleisch und Wort, Vitalität und weiße Leere, Nähe und Unendlichkeit. Das Kleine gebärdet sich ungestüm, das Große scheint gebändigt.

Drei Inseln

·

Um von der Kraft des Pantheon eingefangen zu werden, ist es nicht nötig, bis zur Mitte hineinzugehen. Schon am äußersten Rand der runden Weltfußbodenscheibe steht man in einem Bannkreis, der aufgrund familiärer Beziehungen zur großen Halle mit allen Vollmachten ausgestattet ist. Der tellurische Bau ist so gewaltig, dass man sich kaum vorstellen kann, dass er von Menschenhand erbaut wurde, und bildet eine überwältigende Schutzhülle. In der Obhut dieser universal formulierten Macht, frei von Pflichten und Aufgaben, kann man sich besinnen, Neues beginnen. Der Eintretende wird aufgenommen in eine klare, starke, neue Welt, deren Geschlossenheit und Leere ihm das gleiche Freiheitsversprechen gibt wie die einsame Insel dem Schiffbrüchigen.

Angesichts solcher ungeahnter Möglichkeiten muss man rückblickend bedauern, dass Robinson Crusoe nichts Neues und wirklich Bemerkenswertes schaffen konnte, stellvertretend für die Bewohner aller einsamen Kinderzimmerinseln. Hätte Daniel Dafoe ihm doch eine Prise rebellischen Sinns mitgegeben, damit er alle Kleinmut hätte fallen lassen können. So wünschte es sich Gilles Deleuze. Anstelle dessen habe Crusoe seine Insel nur genutzt, um all die bürgerlichen Wertsachen und Symbole aus dem Wrack seines untergegangenen Schiffs wieder herauszuklauben, und sie, wenn unwiederbringlich verloren, schleunigst neu zu erfinden. Nichts Überraschendes sollte sich zwischen die alte Ordnung und eine neue Welt drängen. Anstelle einer mythischen Neuerschaffung der Welt ist, dank der einsamen Insel, die Wiederherstellung des bürgerlichen Alltags getreten. So führt die vor allem in den Jugendzimmern viel gelesene Geschichte des Schiffbrüchigen nicht zu neuen Ufern der Weltanschauung, sondern erstickt wirkungsvoll und nachhaltig jede Chance im Keim, dem bürgerlichmoralisierenden Mief der eigenen vier Wände zu entkommen. Dann möchte ich doch lieber von roten Korsaren und rotem Gold lesen, von knatternden Fahnen und gleißendem Meer.

Deleuze vermutet, nur das leere Wasser, die eherne Mauer, das unüberwindliche Gebirge mache die Insel zur einsamen Insel. Nicht die Insel sei einsam, sondern der Ozean ringsum. Es bedarf einer Sintflut, um an einem heiligen Ort zu stranden, an einem Berggipfel der zukünftigen Welt. Ein Ölzweig ist vielleicht der zusätzliche Hinweis auf den richtigen Landeplatz, fernab vom alten Kontinent, denn die Materie des Neubeginns muss fruchtbar sein: Brutgelege, Kirke, Kalypso, Leto, Perimele. Es braucht schaumgeborenen Stoff für *Das Wilde Denken*.

Selbst wenn es nur um die Verpackung eines Robinson-Clubs geht: immer wartet ein/e sexy Südseeinsulaner/in unter den Kokospalmen am Strand der fernen Sehnsuchtsinsel, Aloha! Unsere Sonne ist herrlich, schreibt Gilbert Chesterton, sechs Sonnen aber wären lediglich vulgär. Die Verknappung, wenn nicht gleich die Vereinzelung, ist das Angebot der einsamen Inseln an unsere übliche Begriffsstutzigkeit. Ein Mensch, solange er eine einzelne Gestalt ist, in der Einsamkeit, am Meeresstrand, im Lichtstrahl oder in der Klause, bedeutet alles, was die Menschheit bedeutet. Auch das einzelne Haus, der einzelne Baum, der einzelne Felsen, die eine Liebe, der eine Stern, der eine Tod. Alles Dunkle, alle Strenge, alle Ödnis hat die Abtrennung des einen vom Gemeinen zum Ziel, damit es uns vollkommen erscheint.

Gleich hinter dem Pantheon an der Piazza Minerva gibt es ein feines Bekleidungsgeschäft, Gammarelli, den bevorzugten Ausstatter des römischen Klerus. Die Gewand- Bischöfe und -Kardinäle prunken prächtig im Schaufenster. Daneben gibt es noch ein zweites, kleineres Schaufenster für Nonnen. Wie klar klerikale Kleider ihre Träger vor dem Facettenreichtum des Weltlichen bewahren und sie optisch auf

Distanz halten! Schwarzes Niemandsland, lichtschluckend und konturlos, umhüllt weitläufig virtuelle Leiber. Eine Frau verwandelt sich in das Antlitz einer Nonne. Weiße Gesichtsinseln liegen im schwarzen Meer. Immerhin, kein Shador, keine Brutalität des schwarzen Balkens, keine Löschung. Eher eine meditative Hülle, ein stiller Zwischenraum, eine Zeitverschiebung, abstrakt und zeichenhaft wie Christos *Surrounded Islands*. Nonnen im Menschenmeer, Inseln der Hoffnung, helle Gesichter, Gefäße andauernder Güte und ausdauernder Unterstellungen.

Man findet den verzauberten Brunnen in der Villa Borghese nicht mehr, weil man ihn zum Heiligen Jahr gründlich gewaschen hat. Wie dem armen Marsyas wurde ihm gnadenlos die Haut vom Leibe gezogen und sein Geheimnis ohne Erbarmen bloßgestellt. Früher war dieses wohl der wunderlichste Brunnen in Rom: eine Schale, hoch aufgestellt, und darüber, von Wasserpflanzen vollständig eingehüllt, die Figur einer Frau. Ihre Haltung und eine kleine Wucherung in der Beuge eines Arms ließen vermuten, dass unter der Flora eine Marienstatue verborgen war. Irgendwoher kam Wasser, es war nicht auszumachen, woher genau, und es spritzte nicht hervor, sondern träufelte und tropfte aus den tausend Moosspitzen, perlte über Flechten und sank durch grüne Polster. Alles, das Becken, die Schale, die Skulptur, war von diesem dicken Pelz bedeckt.

Der Brunnen erschien wie ein nasser Dschungel, und die Frau unter dem quellenden Mantel war noch tiefer in die Wildnis eingekehrt als Magdalena, die haarumflutet aus ihr hervortritt. Seitlich wuchs eine junge

Birke hervor, nicht durch ein Wort empfangen, sondern Leben, das sich selbstverständlich im fließenden Saft ausbreitet, auf einer Paradiesinsel, auf der alles gegenwärtig ist. Weil es den Brunnen in dieser Form nicht mehr gibt, wünschte ich mir, man würde hier eine neue Oase schaffen, die der verloren gegangenen gleicht. Mein »Wunschbrunnen« an dieser Stelle ist der *Große Fragentopf* von Fischli & Weiss, groß genug, um eine Mahlzeit aus Freitags Widersachern darin zu kochen, und auch groß genug, um alle Fragen dieser Welt im Eintopf langsam simmern zu lassen. Man muss an den Topf herantreten und über seinen Rand hineinschauen. Auf seiner bauchigen Innenwand haben sich alle sinnvollen und sinnlosen Fragen wie Essensreste abgesetzt: alle Fragen, die man sich nur denken kann, Fragen nach unserem Schicksal, nach der Uhrzeit, nach der Herkunft und wie sie noch im Kopfe kreisen, ohne dass sich je eine brauchbare Antwort einstellt. Aber was haben alle diese Fragen gemeinsam?

A. L. Grau, Quallenforschung

Und worin besteht der Inhalt dieses Topfs und füllt sein großes, leeres Volumen? Sind die Fragen das irdene Gefäß um die Transzendenz ihrer Antworten? Oder sind sie gar Fußfesseln der Vergangenheit um die Läufe der Zeit? Am engen Horizont unserer Tage kreuzen Fragen als Rettungsboote, als Seelenverkäufer oder Piratenschiffe, damit wir selbst

nicht auf Entdeckungsreise gehen und nach neuen Ufern suchen müssen. Wie sehen dann die wirklichen Antworten aus, diejenigen, zu denen es gar keine Fragen gibt? Im Kessel des Pantheon sind deshalb alle, auch die unentdeckten, Götter versammelt, damit diese Antworten ganz sicher dabei sind.

Ecke

.

In Hamburg aufgewachsen, zu einer Zeit, als wir Kinder auf der Straße spielten (»Ihr lauft aber nur bis zur Ecke!«), mussten wir ihn kennen, den Jungen mit dem Tüdelband. Der stand lässig an der Straßenecke und aß ein Käsebrot. Allerdings konnte in diesen ungewissen Zeiten an solchen Ecken auch ein zwielichtiger Mann auftauchen, der die Weiber anlockte. Die nahm er dann mit nach Hause, wo er sie nackt auszog. Banane-

Zitrone. Oder standen dort die blutrünstigen Knaben, Umba-umba-rassa, die sich ausschließlich von Körpersekreten ernährten? Ich machte mir damals große Sorgen wegen all dieser unvorhersehbaren Platzhalter, und Ecken hatten deshalb etwas Beunruhigendes. Jedes Witzblatt positionierte dort entweder einen Wegelagerer, erkennbar an der Augenmaske, spürbar durch die paläolithische Keule, oder es stand dort eine Dirne, keine Deern, zeigte ihr nacktes Bein und nutzte den strategisch vorteilhaften Knotenpunkt des doppelten Verkehrsaufkommens. Es konnte

dort sogar passieren, dass man um die Ecke gebracht wurde.

Nachdem ich all dieses verinnerlicht hatte, wurde ich bereits als Erstklässler zusätzlich in die Ecke gestellt und starrte auf den grünspanigen Staub, der sich dort sammelte, wo es, im Gegensatz zur Straßenecke, zu einem völligen Stillstand von Zeit und Raum kam. Erst viel später, im Unterricht der Mathematik und der Naturwissenschaft, entwickelte ich eine positive Sichtweise auf die öffentlichen Merkstellen und zeichnete mit den unterschiedlichsten Eckdaten die wundervollsten Kurven. Das spezielle Zusammenspiel von Verortung und Verlauf faszinierte mich, und mir wurde langsam die erotische Kraft bewusst, die die Exaktheit der Ecke mit der Lebendigkeit der Kurve verband. Bald erahnte ich sogar Pi und die Leidenschaft des Archimedes. Ich erkannte, dass nahezu alle absichtsvollen und feinen Gestaltungen der

Abb. 2: Goethe, Entwurf eines Denkmals für den Weimarer Park, Klassik Stiftung Weimar

Menschen nur Sprösslinge irgendeiner kamasutrischen Paarung von Quadrat und Kreis waren. Insbesondere waren das natürlich die architektonischen Hervorbringungen, gleichgültig ob Haus oder Garten, Schloss oder Park, Tempel oder Hain. Mal ähnelten sie mehr dem klugen, eckigen Vater, mal kamen sie mehr nach der wissenden, runden Mutter, und immer war das eine auch ein Blick auf das Andere. Die Ecke mit dem Tüdelband bekam nach und nach eine neue 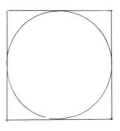 Dimension, sie wandelte sich zu einem Diagramm der Schönheit der Mathematik. Die Parameter der Vernunft verwoben sich mit dem Talent der Linie, und ich schaute plötzlich viel genussvoller auf die Dinge der Welt. Kultur und Natur offenbarten ihre einfachsten Regeln. Vor meinen Augen bewegten sich gedrechselte Figuren auf den Koordinaten eines Schachbretts, das immer größer wurde, bis ich den zentralsten Spielstein, weit weg

Chateau de Beaumesnil

von meiner kleinen Straßenecke, schließlich auf dem römischen Marsfeld entdeckte. Dort stand das Pantheon und blieb dort stehen, auch wenn es fortan und mit großer Begeisterung im Spiel gezogen wurde. Alles andere wurde so lange hin- und herbewegt, bis der ruhende Superstein einmal mehr seine Unschlagbarkeit und Größe gezeigt hatte und sich erneut der Produktion von Dauer widmen konnte.

Wenn ich heute »auf der Straße spiele«, spüre ich diese anhaltende Kraft an jeder Ecke, mehr noch, ich anerkenne, das Pantheon ist die Mutter aller Ecken! Ich habe mir fest vorgenommen, wenn ich das nächste Mal in Rom bin, esse ich in der Rotunde, in der ultimativen 360°-Ecke, ein mit Käse belegtes, pralles, weiches, kantenloses und trotzdem eckiges Tramezzino.

Jacopo de' Barbari, Fra Luca Pacioli

Espresso

Tanz in die neue Zeit: „Eingepackt in Südtirols Natı
Tanz nach innen/aussen →

...h Meran zukunftsfest Foto: mauritio images

Jetzt war er unterwegs. Endlich saß er im Zug (Raucher, Camel ohne), die Schuhe unter dem Sitz, die Füße hochgelegt, die Ärmel des Pullovers nach oben geschoben. Das Fenster des Abteils wurde immer schneller von flachem Land durcheilt, und er spürte allmählich, sogar durch seine dicken Socken hindurch, wie die Oberschenkel seiner Freundin ihn wärmten. Sie saß ihm gegenüber und grinste.

Es war ihre erste große Reise. Die erste Reise ohne die Eltern, ohne diese Jugendreisen-Verbindlichkeiten, ohne Durchzähler und Vorweggeher. Nur er und seine Freundin saßen im Zug und fuhren nach Italien, und vor ihnen lag riesig das Abenteuer.

Im Wintersemester 1968 würde er an der Hamburger Hochschule für bildende Künste sein Studium beginnen, er war dort tatsächlich angenommen worden, aber jetzt war Sommer, und das Mädchen mit den warmen Beinen war unglaublich nah. Sie wollten nach Capri, dort unten im Süden, im Golf von Neapel, sie wollten in der Blauen Grotte schwimmen, sie wollten Sonnenuntergänge spüren (Sonnenaufgänge lagen außerhalb ihrer Vorstellungskraft) und sie wollten im Taxi-Cabriolet ein Eselsgespann überholen, lachend und mit wehenden Haaren, übermütig auf der sich steil windenden Küstenstraße.

Das anvisierte Kunststudium weckte in ihm ein Verantwortungsgefühl für Italien, für seine Kultur, und er wollte seinen Anspruch auf die Reiseroute demnächst noch deutlich machen. Vorhin hatte er immerhin schon einmal beiläufig bemerkt: »Goethe am Fenster, von Tischbein«, als ein Mitreisender aus dem Zugfenster lehnte, aber sie hatten die Grenzen nach Italien noch gar nicht überschritten. Ihm fiel ein, dass er die »Italienische Reise«

ziemlich ungelesen zu Hause auf dem Beistelltisch liegen gelassen hatte. Hier hätte er sich vielleicht noch Tipps holen können, wie es jetzt weitergehen sollte. Allerdings war seine Freundin Halbitalienerin, denn ihr Vater stammte aus Palermo und hatte wahrscheinlich sogar einen filmreifen Paten. Sie konnte sich ja auch ein wenig um alles kümmern. Jedenfalls fühlte er sich in ihrer Gegenwart geradezu einheimisch, als sie den Brennero überquerten.

ROMA (AMOR) Termini. Gut, dass ihm das Anagramm noch eingefallen war. Es war ein Anhaltspunkt, Grund genug, um auszusteigen. Wohin jetzt? Ein billiges Hotel finden, l'hotel esistenzialista. Er trug seinen schwarzen Lieblingsrollkragenpullover. Das Mädchen musste natürlich vor allen Boutiquen der Via Condotti stehen bleiben. Sie bummelte staunend zwischen den leichtfüßigen, schön gekleideten Italienerinnen, dass sie immer ein Stück zurückblieb, sodass fast zwangsläufig er die Richtung bestimmte. Er achtete deshalb gut auf die Schilder und Hinweise, die an den Hauseingängen entlang der Straße hingen, und als er vor der abgewitterten Albergho Abruzzi ankam, wusste er genau, dass dieser wilde, ungestüme Name seinem Hotel gehörte. Hier wollten sie zwei lange Tage bleiben. Sie bekamen ein Zimmer zur Straße hinaus und würden nun nachts den blechernen Lärm der Motorroller zwischen den Häuserwänden verhallen hören, und er freute sich darauf, auch auf das Seufzen beschleunigter Atmung.

Jetzt hing der Zimmerschlüssel wieder am Messinghaken. Nur wenige Schritte vom Abruzzi entfernt lag die Piazza Rotonda. Ein schöner Platz, mit einem Brunnen in der Mitte, darauf ein Obelisk, und noch mal ganz oben darauf eine geschmiedete Kruzifixkrone, inmitten der Heiligen Stadt. Und darunter ein Straßencafé, das Torrefazzione Rotonda, sehr gut für einen ersten Espresso. (Scotto 250 Lire) Dann ging's weiter, in den Stern der Stadt: Colosseo, S. Pietro, Fontana di Trevi, Spanische Treppe, Via Veneto, Anita Ekberg. Beinahe wäre ihm das kleine Gedicht eingefallen, das sein humanistisch begabter Großvater bei guter Gelegenheit zum Besten gegeben hatte und das dem ewigen Sohn August von Goethe zugeschrieben war, in Wirklichkeit aber von dem noch blasseren Enkel stammte und ein absolutes Highlight war:

»Am Kapitol, am Kapitol,
steh ich – und weiß nicht, was ich soll.«

Nun, auf seine Weise von Klassik vorbelastet, mietete er eine alte Vespa und die beiden fanden irgendwie, fröhlich und aufgeregt aneinandergeschmiegt, die holprige Via Appia.

Am Vormittag des nächsten Tages tranken sie den ersten Espresso in ihrem alten Stammcafé. Cosí é, se vi pare.

Langsam tauchte auf der Innenseite der dicken Porzellantasse die Abbildung eines kleinen, kompakten Gebäudes aus der heißen, schwarzen Flüssigkeit auf und schien leicht über sie hinwegzuschweben. Torrefazzione Rotonda. Es war das Logo ihres Cafés. Als er in die Sonne blinzelte, tauchte aus den Lichtschleiern ebenfalls ein Gebäude auf, nein, es war das gleiche Gebäude, das er jetzt an der Stirnseite des Platzes identifizierte. Angesichts seiner Riesigkeit wunderte er sich insgeheim darüber, dass es ihm vorher gar nicht aufgefallen war. Aber er war stolz auf seine Entdeckung, und da er bereits nachhaltig in Kontakt mit den schönen Gewohnheiten ihres kontemplativen Alltags getreten war, nahm er seine Freundin bei der Hand und zog sie über den sonnenbeschienenen Platz zwischen die schattigen Säulen des Pantheon.

Eine erstaunliche, viel zu hohe, bronzene Tür am Ende der staubigen Vorhalle war nur einen Spalt breit geöffnet, und die beiden konnten nur nacheinander und seitwärts gewendet eintreten. Sie gelangten, gemeinsam mit einem dünnen, fahlen Lichtkeil, in einen einzigen, unendlich leeren, seltsam bedrückenden und vollständig runden Raum.

Über einem glatten Fußboden aus gewaltigen, abwechselnd kreisförmigen und quadratischen Steinplatten (Marmor? Porphyr?), lag auf der halben Höhe des fensterlosen Innenraums eine beängstigend breit gewölbte Kuppelschale, mit einer weiten Öffnung im nördlichen Polarkreis. Sie standen reglos inmitten dieser farblosen Kühle, in der lange niemand mehr gewesen war, und nichts hielt ihren Blick fest, außer vielleicht jene verlorene rote Rose, die irgendein hoffnungslos Liebender vor einer flachen Bodenniesche verloren hatte.

Sie verließen den alten Tempel, wie sie gekommen waren, traten zurück in das breite, blendende Licht der Stadt, das alles wie mit Tipp-Ex überlegte, und in ihrer ortlosen Erinnerung war völlige Leere, und kein kluger Gedanke und kein kluges Wort blitzten auf.

Fizz

Als ich einmal mit meinem Freund Hans Roth in Florenz war, in einem Straßencafé in der Via dell'Oriuolo, und Gin Fizz trank, schauten wir lange zur phantastischen Domkuppel hinauf und sprachen über Filippo Brunelleschi. Hier, am Fuße der herausragenden Architektur, im warmen Glanz der mächtigen roten Kuppel, unter dem in die Tiefe gehenden Eindruck der legendären Doppelschale, wurde der Gin Fizz exzeptionell serviert, als Highball, gänzlich überstülpt von einer kunstvoll geschälten Zitrone. Diese Frucht war in der Manier eines barocken Stilllebens bis zur Hälfte spiralförmig aufgeschnitten. Ein fester, gelbweißer Schalenstreifen hing federnd als eine elegante und verführerische Locke am Trinkglas herab, wand sich aus dem unteren Rand der noch unversehrten oberen Zitronenhälfte heraus, die als eine kleine, feste Kuppel auf dem hohen Glaszylinder aufsaß. Es leuchtet wohl ein, dass wir, angesichts dieser sinnfälligen und hübschen Konstruktion, Vergleiche mit dem im Hintergrund aufragenden Gebirge des Il Cupolone von S. Maria del Fiore anstellten. In beiden Fällen lag, bei einem hohen Niveau des Unterbaus mit ansteigenden Überwölbungen, im Großen wie im Kleinen eine fröhliche Leichtigkeit vor sowie eine äußerst selbstbewusste Krönung, die gleichsam ein Echo des Unterbaus bildete. Brunelleschis Kuppel-Laterne war von dem spitzigen Endokarpwulst auf der Fruchtkappe vortrefflich nachgebildet. Seine glänzenden Reflexe konterten das Marmorweiß, und das frische Zitronengelb verstand sich prächtig mit dem heiteren Ziegelrot.

Zunächst war es natürlich die verblüffende Übereinstimmung von Eleganz und aufsteigendem Schwung beider Kuppeln, hier die konturierende Linie der Marmorrippen, dort die subtil gespannte Kurve der Wölbung, die Roth und mich faszinierte. Wir genossen diese Wiederholung einer höchst ästhetischen Kunstform im profanen und natürlichen Gegenüber, ohne dass wir uns von der technischen Raffinesse dieser Gestalt ablenken ließen. So stellten wir uns vor, dass Brunelleschi selbst einen Drink nötig gehabt habe, als er über die Herausforderungen dieser Kuppelkonstruktion nachdachte, einen Tresterschnaps vielleicht, spielerisch mit einer Zitrone bekrönt, um sich das Problem besser vor Augen zu führen. Schon als er die Frucht in der Hand hielt, muss ihm aufgefallen sein, dass diese, ähnlich wie die Kuppel des Pantheon in der Bauphase, ein inneres Gerüst trug, dass nämlich die mit Fruchtfleisch gefüllten Kreuzgewölbe-Kammern einen notwendigen Unterbau bildeten, auf den die äußere Schale erst später und schrittweise aufgetragen werden konnte. Sicherlich, beim Pantheon war es möglich gewesen, ein hölzernes Lehrgerüst aufzustellen, das die flüssig gegossene Haut bis zu ihrer Ausbindung tragen würde, denn Höhe und Durchmesser dieses Bauwerks waren identisch und blieben mit knapp 44

Metern in einer gerade noch statisch zu überbrückenden Dimension. In Florenz hingegen sollte die Kuppel bis auf die doppelte Höhe ansteigen, und eine Holzkonstruktion von 88 Metern Höhe, die nicht nur sich selbst, sondern auch die gesamte Baulast tragen würde, war schier undenkbar.

Also musste Brunelleschi die ganze, barock zurechtgeschnitzte Zitrone betrachten, nicht nur die obere Hälfte, sondern auch die am Glastambour herabringelnde Schale. Ihn wird die innere Spannung dieser Locke aus Biomasse fasziniert haben, und vielleicht zog er aus ihrem federnden Beharren den Schluss, dass sie sogleich in ihre ursprüngliche Form zurückfallen würde, kehrte man den Zug der Schwerkraft um. Geschoben, drängte die offene Spirale in ihre geschlossene Ausgangsposition zurück, und es galt nur noch, herauszufinden, was diese Formstabilität bewirkte. Es war ein kurzer Moment, gerade lang genug, um ein Glas auszutrinken, bis Brunelleschi ein perfektes und revolutionäres Baukonzept vor Augen hatte:

Die Schale der Zitrone besteht aus zwei Schichten. Die eine ist dünn, das Exokarp, die andere ist dicker, das Endokarp. Das Exokarp ist von harter Glätte, konzentriert auf eine gespannte Oberfläche. Das Endokarp entwickelt gegenüber dieser Außenspannung eine fleischige, homogen verwobene Struktur, deren Zellen radial zum Zentrum ihrer Sphäre ausgerichtet sind. So ist ein organisiertes Gefüge aufgebaut, das die Krümmung des Gewölbes verinnerlicht. Die Form der gesamten Fruchtschale ist in jedem Teilbereich ihrer Konstruktion bereits angelegt und von Beginn an mit den statischen Vorzügen des Endergebnisses ausgestattet. Brunelleschi entwickelte aus dieser Erkenntnis das System eines mit Ziegeln gemauerten Fischgrät-Verbandes. Dieser war in girlandenförmigen Schichten und in konischer Ausrichtung zum Kuppelzentrum hin angelegt, und in jeder Phase des Aufbaus vermochte er die eigene Masse zu tragen, das langsame Wachsen der acht Gewölbekappen, die, durch ihre Eckpfeiler hindurch, ansatzlos darin verwoben waren. Diese organische Architektur bildete während der Bauphase eine sphärische Statik aus, weshalb ein Lehrgerüst überflüssig war und sich die beiden Schalen der Kuppel im gegenseitig haltenden Wechsel nach oben strecken konnten. Nach dem Einsatz des Schlusssteins bei der Verankerung der aufgesetzten Laterne dominierte dann die gotische Statik des Kammern bildenden

Rippengewölbes, das in den Hohlraum zwischen Exokarp und Endokarp geraten war.

Da nun ein Longdrink eine eher kurzweilige Angelegenheit ist, kamen natürlich nicht sämtliche Feinheiten des genialen Il Cupolone zur Sprache. Dennoch überlegten Hans Roth und ich, weshalb Filippo Brunelleschi bei seinem Bau das Kuppelmaß des Pantheon zwar in der Höhe übertroffen hatte, seinen Durchmesser aber um ein Geringes unterschritt. Es könnte Respekt vor dem antiken Vorbild gewesen sein, eine Art Verneigung, glaubten wir zu wissen, oder aber, Brunelleschi habe es ganz einfach nicht nötig gehabt, sich in diesem Detail mit dem Pantheon zu messen. Wäre er über die 43,60 Meter hinausgegangen, hätte nur diese Zahl die Größe seiner Leistung bezeichnet und die wahre Größe der Tat überschrieben. Sicherlich bewunderte er auch den ungeheuren Wald, den Apollodor angeblich im Inneren der römischen Rotunde als Lehrgerüst errichten ließ, und fand den Gedanken interessant, dass ausgerechnet die Römer, die sonst so zielstrebig die Natur durch Mauern auszugrenzen suchten, diese nun direkt in ihr symbolisches Haus hineingeholt hatten. Und noch viel nachdrücklicher als der zeitweilige Wald hatte die Schädel-Kalotte der Kuppel das Bild der Natur dauerhaft in das Pantheon eingebrannt. Die geniale Verbindung des Künstlichen und des Natürlichen lieferte Brunelleschi das vorbildliche Fundament, um eine neue, durch und durch organische Architektur zu erdenken. Das Ganze war keine Schnapsidee.

Goldene Worte

Neujahrs-Goldfische

Das Pantheon ist eine Verkörperung des Denkens, ist Stofflichkeit und Energie.

Dass ein Kunstwerk manchmal eine gespaltene (oder doppelte?) Persönlichkeit besitzt, wurde mir angesichts einer von Dieter Roth mit dicker brauner Farbe angemalten Tafel Schokolade zum ersten Mal klar: Schokolade für den Kopf. Einleuchtend in seiner Schizophrenie scheint mir auch der goldene Hintergrund älterer Kunstgeschichte zu sein, lange vor Giottos blauen Himmeln, der seine biblischen Akteure immer sogleich ausleuchtet und wertet, weil es wohl angesichts göttlicher Allgegenwärtigkeit nichts Vorläufiges geben kann.

In solchen Bildern ist das Leben ein Extrakt bedeutender Komponenten: sehen, glauben, empfinden, denken, handeln, bilden und noch mehr goldene Worte, werden dort zusammen- und eingekocht.

*Sollte der Leser dieses Büchleins einmal nach Rom
fahren, so wünsche ich mir, er hätte es dann dabei,
setzte sich für eine Stunde auf die Piazza Rotonda
und malte es mit goldener Farbe aus:*

Oder, wahlweise:

NTHEO

EER

Google Earth Zoom

Gegen Ende des 19. Jahrhunderts kam das Bauernsilber auf, eine billige Alternative zu den schimmernd aufscheinenden Kostbarkeiten in den Kirchen. Es wurde aus Glas in Klappmodell geblasen und anschließend innenseitig verspiegelt. Seine ungeheure Beliebtheit verhalf bald auf allen Hausaltären der Landbevölkerung zu andächtiger Reflexion. Die vor dem Haus kreuzförmig angelegten Paradies- und Bauerngärten erhielten bald eine Aufstockung mit einem ähnlichen Produkt, das man in böhmischen Glashütten fertigte. Hohle, versilberte Glaskugeln wurden auf Stangen gesetzt, diesmal nicht, um zu locken, sondern hungrige Vögel zu vertreiben. Ihre Funktionsweise war einfach: Der hoch über der Gartensaat fliegende Vogel sah sich selbst als etwas Dunkles im Zentrum der widerspiegelnden Kugel, inmitten des hellen Himmels. Er nahm sein eigenes Spiegelbild

als eine Pupille wahr, als das Loch in einem blitzenden Auge, dessen harter Blick ihn unerbittlich verfolgte. Um diese Wirkung der Bauernkugel vorauszusehen, mussten ihre Erfinder selbst zu Gedankenflügen aufsteigen.

Auf meinem Bildschirm erscheint die benutzerfreundliche Oberfläche von Google Earth. Ich schwebe im Weltraum, tief unter mir rotiert langsam der Erdenball. Er ist nur eine blaue Verdichtung inmitten des nachtschwarzen Nichts, ein runder Körper im Zentrum lichtloser, unbestimmter Pixel. Als Koordinaten tippe ich Rome/Italy ins Display und zoome langsam auf Europa zu. Aus einer Höhe von 47 000 Fuß sehe ich bereits das scharfe Vogelauge des Pantheon direkt über dem Y von Italy aufblitzen. Es scheint genau unter mir zu liegen, aber ich verfehle es. Im freien Fall, vom scharfen Nordwestwind versetzt, stürze ich auf den Asphalt einer Kreuzung, direkt auf den Fußgängerstreifen, der die Piazza Venezia überquert, am Fuße der Treppe zum Monumento Nazionale per Vittorio Emanuele II.

Ich beame mich noch einmal ins All zurück und korrigiere meine Drift um 500 Meter. Dann lasse ich mich wieder fallen. Erneut liegt der Erdkreis, von einer blassblauen Korona umrahmt, mittig auf meinem Visier. Ich zoome. Ganz langsam komme ich heran, das Mittelmeer, der Stiefel, Rom. Und dann stürze ich auf das Pantheon zu, angezogen von seinem offenen Auge, immer näher heran, bis in das runde, dunkle Loch in der hell widerscheinenden Kuppel hinein. Fast der gesamte Bildschirm ist jetzt von der Pupille des wuchtigen Baus ausgefüllt. Ein wenig unscharf und von dem hellen Schein des Randes umgeben, erscheinen verschattete Pixel. Ich schaue in schwarzes, undifferenziertes Nichts, umgeben von fester Materie. Das Anfangsbild meiner Reise hat jetzt, an ihrem Endpunkt, seine Stofflichkeit vollständig verkehrt. Es würde mich nicht wundern, könnte ich jetzt weiter in die Tiefe des sich erneut öffnenden Raums zoomen, bis wieder ein Erdball, wieder ein Italien, ein Rom und schließlich eine weitere geheimnisvolle Öffnung auftauchen würden.

ASA
aMetrics

©Google

ning |||||||||| 100% Eye alt 9781.47

Image

nter 41° 53'54.82"N 12° 28'36.65"E

theon OPEION ZOOM
ming 100% Eye alt 43

Haufenbildung

•

Lang währt die Kunst, kurz das Leben.

Kürzlich betrete ich ein weiteres Mal den Zeitplan des Pantheon. Schon die Portikus ist vollgestopft mit Besuchern und Händlern und ein wirrer, beständiger Lärm liegt über der Menge. Im Gegenstrom, in kurzen, abgestoppten Schritten, drängen die Menschen in oder aus dem Hallenraum. Vom Platz her stoßen weitere hinzu. Hinein, hinein und heraus, heraus, weiter hinein. Hinter den rechten Flügeln der bronzenen Doppeltür ist ein beigefarbenes Plastikpult geklemmt, davor steht ein hoher, leerer Schalensitz. Im blinden Blickfeld eines Monitors springen 16 Bilder über ein Raster, von 32 Videokameras gesendet, die das Gebäude automatisch absuchen und Bilder der Bodenquadrate mit darüber hinwegeilenden Schattengestalten oder Wolkenfetzen aufzeichnen. Sie haben die Aussagekraft einer Zahlenfolge des Großen

Roulett s. Gleich hinter dieser Einrichtung sperrt sich ein gläserner Kiosk, ebenfalls unbemannt und einschüchternd wie eine der Polizeikabinen, die verschiedene strategische Standorte der Stadt blicklos besetzen.

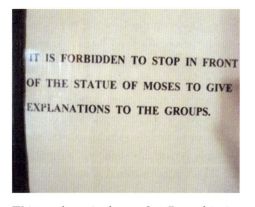

Weiter geht es in den großen Raum hinein, das Gesicht automatisch nach oben gewendet. Die gesamte Kuppelhaut ist blank gewaschen, gewaschener Himmel, gesandstrahlt, freigeputzt von jedem Jahr, das hier Rauch, Atem, Sprache hinterließ. Nicht der kleinste Fleck ist zu sehen, die Kuppel ist geschminkt, von

Botox gestrafft und flachgezogen. Die Jahrtausende sind spurlos abgelöst, gestrichen, nichts ist mehr übrig von den unzähligen Ereignissen, Stimmungen, Atmosphären, die sich unter ihr zugetragen und gebildet haben. Man könnte damit beginnen, Leuchtreklamen in die Kassetten der Geschichte zu setzen. Oh, du bürokratischer Charme verodneter Sauberkeit, du Charakter der Gleichgültigkeit, du Verächter der Seele! Ein paar Schritte weiter versperrt ein mannshoher Aufsteller den Weg. In Hellblau gehaltenes Design, Piktogramme und viersprachige Codes bilden ein nicht gerade zurückhaltendes Outfit, um die ihrem Trägermaterial widersprechende Botschaft zu verkünden, dass das Betreten dieser Kirche Ruhe und Respekt gebiete. Rote Kordeln, über mobile Pfosten gelegt, sperren die Mitte des Raums ab, als ob es zu verhindern gelte, dass der Himmel jemandem auf den Kopf fällt. Das Opeion erhält immerhin einen engen und bedrängten, aber freien und spiegelnden Grund. Fotoapparate blitzen schwächlich aus der Menge. Diese wird indessen auf ein weiteres Pult zugeschoben, das neben 200 leeren Stapelstühlen vor der westlichen Kapelle steht und dem Verleih von Audiogeräten und dem Verteilen von Plänen mit Sightseeing-Tipps dient. Ein paar Mädchen kreischen, ein Schüler zieht seinem Freund den Regenschirm durch den Schritt, ein Chinese fotografiert den ungläubigen Thomas, ein älterer Mann will sich irgendwo hinsetzen, zwei Frauen haben den Anschluss verpasst, ein Inder stellt den Audiohörer lauter: Ein riesiger bunter Menschenhaufen wogt um eine vollständig leere Mitte.

Ich wandere zum nahen Tiber. Auf der Ponte Garibaldi, stromauf zur Flussinsel, sehe ich eine junge Frau, die sich weit über die Brüstung der Brücke beugt. Sie starrt auf das Wasser unter ihr. Hinter einer flachen Stromschwelle, in einem ewigen Schaumwirbel, hat sich ein aufgeregter Pulk bunter Farben versammelt. Rote, blaue, weiße, gelbe Flecken

tanzen hier umher, auch schwarze Punkte und allerlei Kringelformen. Es handelt sich um Fuß-, Hand-, Rugby- und Kinderbälle, wohl über 70 Stück, auch Plastikflaschen und kleine Luftkissen, die im Laufe eines ganzen Jahres, irgendwann zwischen den Hochwassern und irgendwo auf der Länge des Flusses, von seiner Quelle bis hierher, abhanden und überbord gegangen sind und nicht mehr einzuholen waren. Sie haben den Augenblick irgendeines Spiels verlassen und sind nun in ewigem Tanz ohne Höhepunkt wie in der Schleife eines Loops gefangen. Sie haben sich zu einem pulsierenden, endlos kreiselnden Haufen versammelt, sie kleben wie der stetig fallende Tischtennisball auf dem steilen Luftstrom, nur umgekehrt. Sie werden vom stürzenden Wasser nach unten gedrückt, springen mit eigenem Auftrieb sofort wieder zur Oberfläche und werden dort an den Beginn des Wirbels zurückgeworfen. Sie tauchen aus dem Schaum hervor, überrollen sich, rotieren wie Derwische um ihre unzähligen Achsen, stehen nie still und tun es eigentlich doch. Die seitlich aus dem Wasser gegen den Strom aufgestemmte Walstirn der Tiberinsel teilt hier das Flussbett in einen nördlichen und einen südlichen Strom. Eine gute Anzahl treibender Bälle wird den oberen Weg genommen haben und ist vorübergeschwommen. Ich gehe über die Brücke und weiter in Richtung der Kirche

San Francesco a Ripa. Dort hockt eine Bettlerin vor der Pforte und klappert mit einem Plastikbecher, die Besucher abzusammeln. Ich beschließe, an der Kirche vorbeizugehen, während sich drinnen, nur vor der vierten Kapelle links, eine dichte Gruppe Kunstvoyeure drängen wird. Ich kann das münzengespeiste Klickern in einem elektrischen Lichtautomaten förmlich hören. Ich hoffe, dass die immer wieder und gleißend aufwallende Helligkeit des Apparats nicht durch die geschlossenen Marmorlider der Seligen Ludovica dringt und ihre intimen Visionen verblendet.

Ich beginne unruhig zu werden, lasse schnell ein Geldstück in die Bettelschale fallen und pilgere zur Santa Maria in Trastevere, um eine Kerze anzuzünden. In der Vorhalle streift mein Blick die Bruchstücke unzähliger Graffiti, die von Rom-Reisenden aller Jahrhunderte an den Kraft-Orten der Stadt in den Stein geritzt worden waren und die, hier zusammengetragen, eine festgefügte Mauer bilden. Im Kirchenraum wende ich mich der Statue des Hl. Antonius von Padua zu. Sie ist über und über mit handgeschriebenen Zetteln bedeckt, mit Gebeten, Wünschen, Suchanfragen und Danksagungen. Antonius steht in einer flockigen Wolke, in einem fragilen Haufen beschriebenen Papiers und vor ihm flackert das Sehnsuchtsmeer der Kerzenlichter. Bald, draußen auf dem Platz, im Schein der Sonne vor der Bar, finde ich keinen freien Stuhl und allmählich wird mir alles zu viel, und ich wünsche mir, Antonius, ein kleines Fleckchen Einsamkeit.

Hauptsatz

.

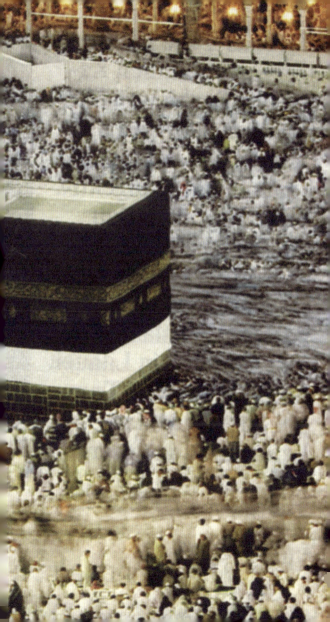

Der Hauptsatz Roms war bereits in seine vorläufige Hüttensiedlung eingeschrieben, in das Roma quadrata des Romulus. Zur Gründung des Ortes zeichnet der Sohn des Mars mit einem Pflug ein rechtes Quadrat in den unkultivierten Boden, und dort, wo ein Tor (Porta) die spätere, naturabgrenzende Umfriedung öffnen sollte, wurde der Pflug getragen (portare) und nach einem elegant gehobenen Bogen wieder in die Erde gesetzt. So waren mit einer agrikulturellen Handlung Chiffren der Kultur geschrieben worden. Alle zukünftigen Voraussetzungen waren aufgezeigt, damit die Baumeister den freien Raum erobern konnten. Mit Winkel und Bogen ausgerüstet erhoben sie die Metropole, und Roms erster Pontifex Maximus konnte ebenso die zwei Ufer des Tiber miteinander verbinden, wie der nachfolgende Pontifex Maximus des Vatikans eine Brücke zum Himmel baute. Rom konnte grenzenlos wachsen, weil die Zukunft der Stadt gut begründet begonnen hatte.

So gesehen ist der Marmorboden im Pantheon, wie der Bodensatz auf dem Grund einer Tasse Türkischen Mokkas, der Bodensatz einer Idee. Wie die schlickigen Ablagerungen des Kaffees dem feinen Aroma des aufgesetzten Getränks entsprechen, so spiegeln die dicken, glänzenden Steinplatten auf dem Boden des Architektur-Raums die ätherischen Stoffe des darüber schwebenden Gedanken-Gebäudes. Ihr Ornament aus runden Scheiben und quadratischen Tafeln legt jedem Besucher die Grundideen des Bauwerks zu Füßen, und die fortlaufende, formale Wechselwirkung beschleunigt oder beruhigt seine Schritte darüber hinweg.

Das kartesianische Gitter der Romulus-Parallelen ist zunächst verständlicher, kommt dem Besucher entgegen und gibt ihm Anhaltspunkte in der Fläche und Orientierung. Die Beziehung des Quadrats zur Grundlinie, zum Winkel und dann auch zur Schwerkraft, führt darüber hinaus zu den senkrechten Säulen des kuppeltragenden Zylinders und schließlich in die Dimension des ganzen Raums. Erst jetzt fällt der Spiegel im Scheitel der Kuppel zurück in den Grundriss und in die Rundscheiben des Bodens. Der Kreis, das Abbild der Vollkommenheit und Symmetrie, liefert eine neue Basis der Auseinandersetzung, indem er dem Besucher auch den Aspekt der religiösen oder geistigen Bewegung vorlegt. Die schnörkellos in den Boden eingesunkenen Sedimente der zwei Grundmuster können ihn irdisch oder überirdisch tragen, bevormunden wollen sie ihn nicht. Sie warten nur, geduldig ausgebreitet, auf die mögliche Wirkung ihrer Symbiose.

1934 schenkte Max Beckmann seiner Schwägerin Hedda Kaulbach, nach ihrer äußerst unerquicklichen Schiffspassage über den aufgewühlten Atlantik nach New York, auf der sie ihre Kabine wegen anhaltender Seekrankheit kaum verlassen konnte, ein kleines Ölgemälde. Der auf dem Bildchen

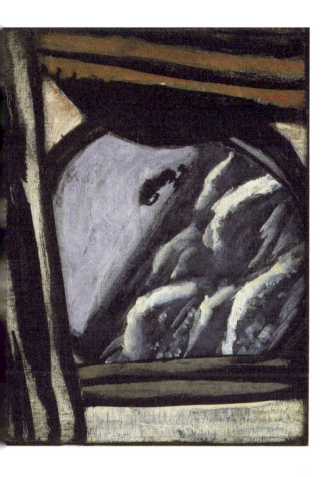

dargestellte Blick aus der Schiffsluke zeigt ein stürmisches Meer mit bedrohlich heranrauschenden, schäumenden Wellen. Der sehr gerade Horizont des Ozeans scheint allerdings ruhig zu sein. Ein ferner Dampfer zieht dort bedächtig und unter einer schwarzen Rauchfahne seine Bahn. Nur ein kleiner Russwirbel verrät eine einzelne, stärkere Windböe. Im Inneren des Schiffs aber, dort, wo der Passagier sich befindet, rollt die Welt sehr beängstigend hin und her. Die Vorhänge des Bullauges rahmen den unwirklichen Ausblick fast quadratisch, und noch mehr gibt der rechtwinklige Ausschnitt des Bildfensters jene stabile Lage vor, die sich der bedauernswerte Fahrgast wünschen mag. Die eindeutigen Koordinaten behaupten ein vermeintliches Oben und Unten, beschwören das Gerade und Waagerechte der unmittelbaren Wirklichkeit. Aber dieses feste System steht in bedrohlicher Schieflage zu der äußeren, maßlosen Welt. Der Widerspruch zwischen allgemeiner Tatsache und persönlicher Empfindung misst mehr als 45°!

Wäre das Bild ein Tondo, rund wie die Schiffsluke, läge der Horizont beruhigend gerade und gelassen da. So aber bäumt er sich auf, wie ein wahnsinnig gewordenes Pferd und erschreckt den Reiter, dem jegliche Kontrolle entglitten ist.

Tibetanische Mandalas zeigen ein ausgewogenes Schema. Darin integrieren sich das irdische und das überirdische Dasein. Das nach Jahreszeiten, den Winden und den vier Weltgegenden ausgerichtete Erdquadrat liegt eingebettet in die gewichtslosen Gelassenheit des religiösen Kreises. Zwei mal vier Speichen stabilisieren das Rad der buddhistischen Lehre und acht Bautypen des Stūpa zeigen die Stationen auf dem Lebensweg des Buddha. Seine Taten werden durch Variationen ihrer quadratischen Sockel-Architektur unterschieden. Über dieser Textur wölbt sich eine immer gleiche sphärische Kuppel, der gelehrte Dharma-Körper. Nur die existenziellen Übergänge Buddhas, seine Geburt und

sein Tod, lösen das quadratische Schema des Stūpa zu ansatzloser Rundheit auf. Endlos kreist die Gebetsmühle, wiederholt sich das Mantra.

Eine wogende Menschenscheibe, ein physisches Gebet um Aufnahme in göttliche Vollkommenheit, umkreist das Heiligtum der Muslime, den großen Würfel der Kaaba. Das Leben der Gläubigen kreist um einen Gedanken.

Vitruv erkennt den Menschen zwischen Himmel und Erde, zwischen Kreis und Quadrat. Leonardo da Vinci übersetzt das berühmte Traktat in die noch berühmtere Zeichnung jenes schönen Mannes, der das harmonische, geometrische System so selbstverständlich aufführt. Diese klare Zeichnung bemisst zugleich die interpretierende Feinheit und Raffinesse der Renaissance. Da Vinci setzt den Menschen in das Zentrum der Weltordnung und bestimmt seinen Nabel als stabilisierendes

Maß. Die geometrischen Gesetzmäßigkeiten werden subjektiv ein wenig verschoben, und der Autor vermittelt die eigene zentrale Position. Diese Neuerung der Weltsicht ändert nichts daran, dass der statische Aufbau der menschlichen Natur weiterhin als bodenständiges Quadrat gesehen wird, seine Bewegungs- und Handlungsfreiheit aber als ein uneingeschränkter Kreis.

Die dekorative Schönheit der beiden Formen ist augenfällig, und es mag sein, dass ihre ornamentale Kraft, schon lange vor Vitruv, zu komplexen, weltanschaulichen Aufzeichnungen geführt hat, in denen wir heute nur ästhetisch gemeinte Verzierungen wahrnehmen. Der aufrechte Gang, die vertikale Symmetrieachse unseres Körpers, verortet die physische Weltwahrnehmung als »vor sich, hinter sich, seitlich links oder rechts, oben oder unten« und ist wohl die eigentliche Voraussetzung dafür, dass das Quadrat zum Ordnungssymbol geworden ist. Picabias scherzhafte Feststellung, dass der Kopf rund sei, um die Gedanken neu zu formulieren, verweist zumindest auf den interpretierenden Blick des Menschen, der bemüht ist, eine Verbindung zwischen den Naturbildern und den Vorstellungsbildern herzustellen. Franz Gall, der Arzt und Phrenologe, beschrieb zu Beginn des 20. Jahrhunderts eine umfangreiche Sammlung von Schädeln mit allerlei Mustern, Strömungslinien und Etiketten, um die ehemals darin wohnenden Geister grafisch freizulegen.

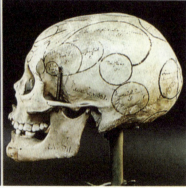

Die Faszination seines »Haupt«-Werks geht aber nicht etwa von den gewonnenen Erkenntnissen aus, sondern allein von ihrer grafischen Schönheit. Die Schädelkalotte in ornamentaler Symmetrie umrankend, wie auf den bemalten Bauernknochen in den Nischen alter Friedhofsmauern, bezeichnen allerlei Blasen, Einkreisungen, Quadrate und Strahlformen die Zentren verschiedener gedanklicher Komplexe und folgen dabei strikt den kompositorischen Vorgaben ihrer Unterlage.

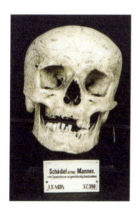

Daniel Orozco bemalt 1997 einen Schädel, den er Kites nennt. Er sucht keine Deutungen und stellt keine Behauptungen auf. Er spielt elegant mit dem Hauptsatz da Vincis und sucht nach einer äußerst minimalistischen Balance zwischen Kreis und Quadrat. Orozco legt das kartesianische Gitter, das Symbol menschlicher Vernunft über das Naturgewölbe. Dieses Gitter wird von den Krümmungen der Knochenoberfläche zu Rauten gezogen, es verliert mehr und mehr seine strenge Geradlinigkeit, und die Ausbuchtungen und Einstülpungen des Schädels kommen selbst zur Sprache, und schließlich zeigt sich selbstlos die Schnittstelle der Extremformen. Rund und eckig, schwarz und weiß, verbinden die Kites den Himmel mit der Erde, schwerelos und doch gefasst.

Im Herbst habe ich mir einen Drachen gebaut, einen großen, schwarzen Kinderdrachen aus Papier. Er bekam an seiner vertikalen Waage die so genannte *Glitsche*, das ist eine horizontal minimal rutschende Befestigung der Drachenschnur, wodurch die Flugbahn des Spielzeugs wie von einem Zufallsgenerator gesteuert wird. An einem windigen Tag ging ich in den Park. Ich stand auf dem Wiesenboden zwischen geraden Wegen und geschwungenen Blumenbeeten und ließ den Drachen steigen. Ich war linear mit ihm verbunden und bildete den radialen Nabel weiter Flugbögen. Der Drachen pflügte durch die Luft, er tanzte, schlingerte und wirbelte um mich herum, mal hier, mal dort. Er schrieb etwas auf die Haut einer riesigen Kuppel aus Luft.

Gabriel Orozco

Hokusai

Hokusai, 100 Ansichten

Der Kunststudent aus Kagoshima, das ist eine Partnerstadt Roms in Japan, hatte ein zweimonatiges Stipendium erhalten und bewohnte seit einigen Tagen das Gäste-Appartement der L'Accademia Delle Belle Arti. Ich lernte ihn zufällig am Rande einer Fronleichnamsprozession vor dem Pantheon kennen, wo er neben mir stand und mich unvermittelt fragte, welches liturgische Gerät man denn dort gerade sehen würde, das, welches der Priester so ehrfürchtig mit verhüllten Händen vor sich her trug. »That is a Monstranz«, sagte ich, »monstrare! showing!« Die Prozession zog weiter. »Is the opening in the roof of that church also called a Monstranz?«, fragte der Japaner nach einer Weile und deutete auf das Pantheon.

»That is called an Opeion.«

Ich weiß nicht mehr, ob ich mir diese Geschichte nur ausgedacht habe, um etwas

zu demonstrieren. Aber ich neige zu der Ansicht, dass sie stattgefunden hat, denn ich könnte zu einem Japaner transsubstanziiert sein, wie das Brot zum Leib Christi, wobei sich das Brot eben nicht sichtbar verändert. So argumentiert zwar nur ein Kleriker und kein Asiat, aber trotzdem: Ich als Japaner hätte in der Monstranz tatsächlich nichts gesehen. Ich könnte auch gar nichts sehen, weil ich nichts von der Consecratio der Heiligen Hostie wissen würde und deshalb die sichtbare Erscheinung von etwas Nichtsichtbarem auch gar nicht erwarten könnte, und sowieso ließ die hauchzarte Oblate das gläserne Fenster der Monstranz tatsächlich vollständig leer erscheinen. So wurde auch das Opeion zu Recht mit der Monstranz verglichen. Der

wirkliche Japaner hatte höchstwahrscheinlich an Hokusai gedacht, an die 100 Ansichten des Berges Fuji und insbesondere wohl an jene Ansicht durch das schöne runde Gartenfenster, in dessen ruhiger Rahmung der heilige Berg, in vollkommener kompositorischer Harmonie, besonders majestätisch erscheint. »Was sind das für Europäer?«, muss der Mann sich gedacht haben: Betrachter, die anstelle einer herrlichen Landschaft ein Nichts ins Auge fassen, die mit dem neun Meter weiten Bronzering der Pantheon-Kuppel nur Leere einfassen und ein aussichtsloses rundes Fenster durch die Stadt tragen! Allerdings wird er dann auch gesehen haben, dass Hokusai, indem er einen natürlichen Berg in einen mathematischen Kreis zirkelte, ihn so in eine Sphäre der Ästhetik und näher an das Nichts herangerückt hatte und, dass dadurch dem Massiv eine gewisse Transparenz erlaubt war. Seine Landschaft wurde ebenso zum Ideal erhoben, wie uns das berühmte Tondo Michelangelos die Familie und insbesondere den Leib der Madonna Doni als ein heiliges Ideal vorstellt.

Es scheint überall auf der Welt eine gewisse Kulturtechnik des Schlüpfens zu geben, eine Art geistiger Zellteilung, die dadurch ermöglicht wird, dass mit der Erfindung eines geeigneten Übergangsfensters die Verbindung des Physischen mit dem Geistigen simuliert wird. Ein rundes Fenster hat da eine Menge Vorzüge. Das wird auch von Regisseuren der Science-Fiction erkannt, wenn sie vor der Aufgabe einer glaubwürdigen Visualisierung stehen, die ihrem Helden den Übergang zwischen verschiedenen Welten und Zeiten ermöglichen soll. Die Kreismembran ist geradezu vorbildlich dafür geeignet, ein Schlupfloch zu sein, weil sie ihrem grenzenlosen und metaphysischen Zweck eine ökonomisch äußerst günstige, kleinste Öffnung bietet.

Nun mag man sich im Falle des Pantheon fragen, ob das Opeion nicht aus rein architektonischen Gründen notwendig geworden war, da der flache Scheitel der steinernen Kalotte ohne diese gewichtslose Fontanelle haltlos in die Tiefe gebrochen wäre. Man darf aber auch vermuten, dass gerade das Wissen um derartige statische Notwendigkeiten zu einer außerordentlichen Bereicherung des architektonischen Vokabulars der Philosophie-Baumeister wurde. Alleine die Vorstellung, dass der Einsatz eines immateriellen Elements die Statik

Jad Vaschem

des gemauerten Komplexes erst zu sichern vermag, dass Haltloses erst den notwendigen Halt gibt, dürfte ein äußerst anregender Gedanke gewesen sein. Das Zusammenspiel der gegenseitigen architektonischen Bedingtheit von festem Stein und leerem Raum, von greifbaren und denkbaren Kräften, ist beim Bau des Pantheon dann folgerichtig und formal derartig auf die Spitze getrieben worden, dass das diesseitige Werk der gemauerten Erscheinung ihr zentrales Wesen uferloser Geisteskraft in einem verhältnismäßig engen Bronzering als Höhepunkt visualisiert. Das ist wiederum so paradox, dass ein derartig gestalteter Baukörper nicht als ein Ergebnis gesehen werden kann, sondern als ein Schlupfloch zu einer noch großartigeren philosophischen Anstrengung gelten muss. Der Japaner hatte recht: Das Pantheon ist ein Demonstrationsraum.

Traumstein, Japan

Intensivstation

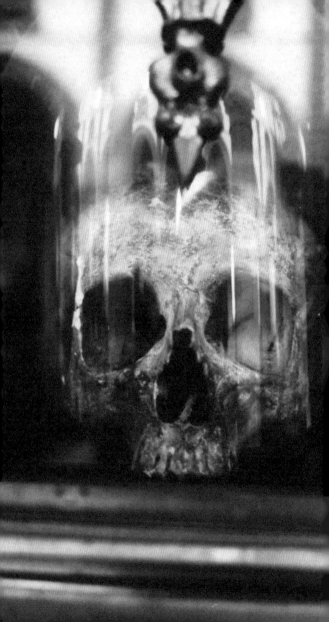

Jeder Kriminalfilmexperte kennt diese Szene: Der noch unerfahrene Kommissar ist bei seinem allerersten Einsatz in einen Hinterhalt geraten. Dabei wurde sein junger Assistent heimtückisch und brutal verletzt. Jetzt steht er im abgedunkelten Krankenzimmer an seinem Bett. Es ist die Intensivstation. Der junge Mann liegt sehr flach und regungslos auf dem Rücken, nur der obere Teil des Bettes ist im rechten Winkel aufgestellt, sein blasses Gesicht liegt verloren vor der gewaltigen, steilen Rückwand aus Kissen und weissen Laken. Es wird nochmals von einem Kranz lebenserhaltender Apparate, Schlauchverbindungen und Oszillografen eingerahmt. Der komatöse Lebenskampf konzentriert sich am Kopfende des Bettes, der Kommissar steht am Fußende. Es ist still. Nur das gleichmäßige Piepen, das schwache Signal der Herzfrequenz, begleitet die Intervalle der sich aufbäumenden

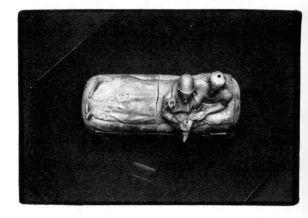

Lichtzacken auf dem Bildschirm. Der Lichtstrahl beginnt zu flimmern.

Dann: der Dauerton _____
Über den Monitor läuft eine erbarmungslose, gerade Linie. Es ist der Tod! Schnitter mäht Halm! Exitus! Cut! Der Kommissar legt ein stilles Gelübde ab, der Arzt zieht das Laken über den Leichnam. Die Dramaturgie der Szene hat das gleiche geometrische Muster, wie der Sonnenuntergang am Meer, der uns

ebenfalls sehr zu Herzen geht. Die runde Sonnenscheibe, Symbol der Lebenskraft, gehört hoch an den Himmel gehoben, sie wärmt nur steil aufgestellt, aber zum Tagesende senkt sie sich herab, glüht noch einmal auf, wenn der Ball über den Horizont rollt, und verglimmt dann in einem Punkt auf der leb- und endlosen, geraden Linie. Der Augenblick des Übergangs, der Zwischenraum ist faszinierend. Er wird von zwei möglichst starken Wechselbildern gehalten, damit sein zeit-, raum- und körperloses Wesen gedacht werden kann.

Die römische Kultur, vor allem ihre Baukunst, war immer klug und aufgeschlossen, wenn sie auf die geistigen Bodenschätze fremder Territorien stieß. Sie war aber schon mit einem sehr wertvollen Bestand angetreten: Die Etrusker hatten Roms ureigensten Boden ausgezeichnet vorbereitet. Voller Wunder ist die Sammlung etruskischer Kunst in der römischen Villa Giulia. In ihrem Zentrum steht der Sarkophag, den man in Cerveteri fand, unweit der Stadt, aus 400 Tonscherben zusammengesetzt.

Der Cerveteri-Sarkophag wurde in einer Tuffsteinkammer, unter der runden Kuppel eines aufgehäuften Tumulus, in der Nekropole des antiken Caere gefunden. Der Cerveteri-Sarkophag zeigt eine Kline, das ist eine Liege mit sehr hoher Matratze und einer darüber gebreiteten Decke. Etwas größer als im Leben ruht darauf ein Ehepaar, zwei schöne und noch junge Menschen. Der Mann liegt ein wenig hinter der Frau, ihre beiden Oberkörper sind hoch und steil aufgerichtet. Der Mann hält seinen rechten Arm liebevoll um die Schulter der Frau gelegt, in der lockeren Hand einen Trinkbecher oder ein Glas. Sein linker Ellenbogen stützt sich auf ein festes Kissen, der Unterarm ist waagerecht zur Frau hingestreckt, und auf dem flach gehaltenen Handteller liegt eine Schale. Tatsächlich sind Glas und Schale nicht mehr vorhanden, aber die Hände der Frau scheinen ebenfalls anmutig ein Geschirr oder eine Frucht zu halten.

Die aufeinander bezogene Haltung der beiden, ihre Gebärden, ihr leichtes Lächeln, erwecken den Eindruck, als läge das Paar bei einem köstlichen Mahl zusammen und führte dabei ein vertrautes Gespräch. Drei Hände bilden das Zentrum der frontalen Ansicht dieser schönen Menschen und leiten selbst, durch ihre Lebhaftigkeit, einen kleinen, kreisenden Wirbel ein, der sich, der Fliehkraft folgend, über die gesamte, sinnliche Komposition der Szene am Kopfende des Bettes ausbreitet.

Bisher ist aber nur die Hälfte des Ganzen beschrieben. Dort, wo der äußerste Lebenskreis endet, trennt eine deutlich sichtbare Naht die gesamte Skulptur in zwei gleich große Teile. Auf der zweiten Hälfte des Lagers, auf seinem Fußende, ruhen die von einem Gewand bedeckten Beine des Paares. Die spitzen, kleinen Schuhe der Frau und die nackten Füße des Mannes sind, nebeneinander und jedes Paar für sich, leblos zur Seite gesunken, die Gliedmaßen flach und ohne Kontur auf die

Fläche gebreitet, die Muskeln sind schlaff und ohne Willen. Kraftlos und seltsam schwer ebnen sich die Körper von Mann und Frau in einen ereignislosen und langen Tod.

Kehrt man jetzt von den flach gebreiteten Füßen, über einen Winkel von satten 90°, zurück zu den erhobenen Köpfen des Paars, fällt eine Wiederholung des Bekleidungsmotivs auf. Die Frau trägt eine kuppelförmige, geometrisch exakt geformte, das Haupt rundende Kappe. Der Kopf des Mannes ist nur von seinem offenen Haar bedeckt. Allerdings betont die Haartracht die oberste Wölbung der Schädelkalotte und stellt sie frei: als eine architektonischen Kuppel. In der Mitte dieser Kuppel befindet sich eine kreisrunde Öffnung, ein Opeion.

TUMULUS

HRAL WAY

Jean Potage

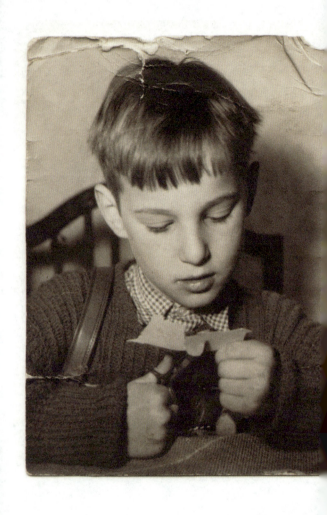

Der Hausschatz von Wilhelm Busch ist ein gutes Buch für werdende Dichterinnen und Dichter, aber erst recht eines für Kinder, die gerne zeichnen. In der Geschichte vom Maler Klecksel begegnet sich das junge Talent dann sogar selbst, zumindest findet es dort eine Zeichnung, die aus der eigenen Feder stammen könnte, so gekonnt hat Busch sie imitiert. Sie zeigt einen Schnitt, Hanswurst beim Suppelöffeln, und Kinder haben sich seit jeher, schon beim Zeichnen von Kopffüßlern und Linienknäulern, sehr für das Innere des Menschen interessiert. Liebevoll legen sie bald die ganze Welt im klaren Profilschnitt nieder. Festungen, Tunnelanlagen, Maschinen oder Vorratslager: Inbrünstig wird der Blick nach innen gerichtet. Für diese zweidimensionale Einsicht bleibt das Bild einer durchsichtigen Eizelle stets maßgeblich, zumindest bei der Darstellung von Körpern oder Köpfen, und die Verfeinerung der Kompositionen entwickelt sich nur sehr vorsichtig. Aber dann, eines Tages, zerlegt sich die Binnendifferenzierung primitiver Kopfkreise wie von selbst in zwei Teile, in eine obere Hälfte für den Hirnschädel und in einen unteren Halbkreis, um den Gesichtsschädel darin einzupassen.

Jetzt gilt es, den Raum zu erobern, Variationen des proportionalen Prinzips auszuprobieren, schmale oder breite Köpfe anzulegen, die Stirn niedriger oder höher auszuweisen, Asymmetrien und Eigenarten zu erfinden und den Körper und seine Extremitäten in Bewegung und Schwung zu bringen, denn nach der geometrischen Pflicht folgt nun die Kür. Bewegung und Schwung sorgen dafür, dass man Richtungen einschlägt, dass sich die Gesichter und Figuren Dingen zu- oder auch abwenden. Es macht sich jetzt bemerkbar, dass der ehemalige Kreiskopf zwar ein Kugelkopf geworden ist, sich aber wider Erwarten einseitig orientiert, weshalb in seinem toten Winkel allerlei Ereignisse aufziehen können. Darin verbirgt sich aber die Möglichkeit, zwischen dem passiven und aktiven Geschehen auszuwählen und den talentierten Zeichner beflügeln auch die Ausschweifungen der merkwürdigen Körperlichkeit von Zeitabläufen auf der Bildfläche.

merose

Der jetzt unverzichtbare, janusköpfige Blick, die permanente Berücksichtigung vielschichtiger Veränderung im Entstehungsprozess der Zeichnung stößt schließlich auf die Beharrlichkeit, mit der sich Striche, Linien und Schraffuren immer wieder an der Bildgrenze festbeißen. Man sucht nun auch hier nach neuen Lösungen. Es mag sein, dass die Zeichnungen jetzt nach außen hin aufgelöst werden, dass das scharfe, runde Blickfenster der Netzhaut zum fokussierenden Vorbild wird, jedenfalls ist es nicht unwahrscheinlich, dass man so auf den Tondo trifft. Der Tondo bietet großzügigste Neutralität nach außen hin, aber auch die mögliche Konzentration nach innen. Das Bildfenster, rund wie der Gesichtskreis, kann mit den Zeichnungslementen gefüllt werden, wie der Bauch des Klecksel-Kindes mit der Suppe, und die ganze bisherige Entwicklung großer Zeichenkunst scheint wieder dort zu beginnen, wo sie schon einmal angefangen hatte. Lediglich eine Grenzverschiebung hat stattgefunden, auf einen kleinen Kreis folgte ein großer. Wie auf einer Welle wird diese Welterkenntnis fortgetragen, wie nach einem Steinwurf ins Wasser, und formt ein Bild der unentwegt vorläufigen Vorstellungskraft.

Köpfe, runde

•

Edouard Manet 1860
Edgar A. Poe

cklänge, 1953
n Max Mara H/W 1998/99,
Maggie Rizer

Kimm

Mätti H. war als Kapitän auf großer Fahrt ein ganzes Leben lang zur See gefahren. Jetzt war er pensioniert und hatte schon seit Monaten keine Schiffsbrücke mehr betreten. Dort, in nahezu 17 Meter Höhe über dem Meeresspiegel, hatte er im Zentrum einer Panoramalinie gestanden, die eine Länge von gut 51 Seemeilen umfasste und seinem Gesichtskreis etwas Großzügiges gab, das er jetzt, auf dem Balkon seines Reihenhauses, nicht wiederfinden konnte. Er hatte sich angewöhnt, immer von Neuem die vielen tausend Fotografien zu sichten, die er in 40 Jahren von seiner Arbeit, von seinen Fahrten rund um den Erdball, aber auch von seiner Routine gemacht hatte, und er versuchte, an den Wänden seines Zimmers eine gewisse lineare Ordnung anzulegen. Anfangs ordnete er die Bilder nach Reisen. Diese wurden von den Auslaufhäfen und den Zielhäfen markiert, unabhängig von Wetter oder Seegang, unabhängig von Fracht oder Jahreszeit, von Mannschaft oder Schiffsleistung. Es entstanden immer neue Untergruppen und Bilderbögen. Reihen über die Veränderungen in bestimmten Häfen, über besondere Liegeplätze, über Kräne und Küstenlinien, Leuchttürme, Offiziere, Feiern in der Messe, Schiffsbegegnungen und über Unregelmäßigkeiten.

Nur ein einziger Bildertyp ließ sich nie deutlich zuordnen, fiel immer mehr in die eigene Einsamkeit zurück und verweigerte sichtbare Motive: Das waren die Fotografien vom Horizont. Mätti H. stellte überrascht fest, dass er Hundert und Aberhundert Rücken ferner Kimmung fotografiert hatte, die leere, mal scharfe, mal dunstige Linie zwischen Himmel und Wasser. Kein Schiff, kein aus dem Wasser schießender Delfin, kein treibender Container, kein Walbuckel, nicht einmal ein Wolkenberg, der Land verhieß! Nichts, nur zweierlei Grau, das aneinanderstieß oder sich ineinander drängte, auf alle Fälle nichts, was irgendwie eine Erinnerung, eine Anekdote oder irgendein Garn herzustellen verstand, nichts, was als eindimensionale Wiedervorlage, als Stück aus der Vergangenheit nützlich wäre. Dennoch begann H. gerade diese Bilder immer mehr zu mögen und sie lange zu betrachten. Er legte die Fotografien zu immer neuen Reihen aus, was in ihrer Natur lag und leicht zu bewerkstelligen war, und aus den langen Reihen der Horizonte entstanden neue Reisen, Reisen, die er vorher noch nie unternommen hatte, Reisen, die oftmals in ungewisse Gegenden führten, mit ihren überraschenden Wetterumschwüngen, Wellenbewegungen und den merkwürdigen Stimmungen, die vernehmlich zu seiner tiefsten Seemannsseele sprachen. In der Intimität dieser Betrachtungen hatte H. seine große Freiheit wiedergefunden, der Gesichtskreis wurde weit, lockere 51 Seemeilen, und er machte es sich von nun an zu einer Gewohnheit, jeden Abend seiner Enkeltochter, die sehr oft zu Besuch war, als Gutenachtgeschichte einen Horizont zu erzählen.

Nemo auf der Brücke der Nautilus

Prof. Aronnax im Auge des Ozeans

Kimmung
(Vertikale Horizontrotationen)

Auf einer Kunstausstellung war an einer Wand ein sehr schmaler Sockel angebracht, so, dass er mit geringem Abstand über einer Wasserpfütze schwebte, die sich unter ihm langsam ausbreitete. Darauf stand ein Glasgefäß, einem Goldfischglas ähnlich. Diese Kugel war leer. Rund um ihren Bauch bildeten streifige Ablagerungen unterschiedlich hohe Horizonte von ehemaligen, jetzt verdunsteten Wasserständen. Neben dieser sehr zurückgezogenen Situation hing ein kleiner Zettel an der Wand: Bin nicht da, bin Quallen filmen an der Ostsee.

Wenn eine im Wasser segelnde Qualle sich zu sehr der oberen Membran ihres Elements nähert, kann es passieren, dass sie von außerhalb, vom Wind oder von einer überstürzten Welle, gepackt und umgedreht wird. Dann pulsiert ihr Glockenkörper und pumpt verzweifelt und versucht immer hoffnungsloser, sich vom Sog der Wasseroberfläche oder von der Unbegreiflichkeit der Luftraumunterfläche zu lösen, und klebt an ihrer Haut wie ein Maulwurfshaufen an einer fremden Welt. Als wäre diese doch eine Scheibe mit gefährlichem Rand. Diese äußerst merkwürdige Situation war das Motiv der annoncierten Filmarbeit an der Ostsee. Eine Grenzerfahrung sollte es sein, die Schnittstelle zwischen zwei Welten im Fokus einer Kamerafahrt, die in vertikalen und geschlossenen Kreisen, bei immer gleichem Abstand, um die verdrehte Meduse herum und durch Halbsphären aus Luft und Wasser führen sollte.

Für diesen Dreh war ein Apparat gebaut worden, der die Kamera präzise in einem gezirkelten Bogen hielt und zentral ausrichtete. Alle Vorbereitungen waren getroffen, nur das Wetter war unangenehm rau, es regnete, und ein starker ablandiger Wind hatte die Quallen aus der Bucht getrieben und die Sedimente und Schwebstoffe im Wasser aufgewühlt. Trotzdem, das Filmteam fand die letzte verbliebene Qualle des Meeres und begann mit der Aufnahme. Es entstand ein gewaltiger und eindrucksvoller Loop, durch milchiges Grün

und trübes Grau, durch Schleier und harte
Reflexe, durch die entfernte Verwandtschaft
zweier Dimensionen. Die radial ausgerichtete
Kamera kreiste rücksichtslos um die Einfalt
der Schwerkraft. Langsam und immer wieder
überschlug sich das Gestänge auf der Achse
des Horizonts und bildete auf einer umwerfenden Umlaufbahn eine einzige Sphäre aus

den verschiedenen Stoffen, mit falschem Oben und optisch verdrehtem Unten. Die Entdeckung eines Raumplasmas von zwittrigem Naturell streifte nur flüchtig ihren Zellkern, die einsam pulsierende Qualle. Nichts kam hinzu, nichts lag auf dem Teller, auf der Bühne wurde nichts gegeben, aber es war doch ganz schön was los.

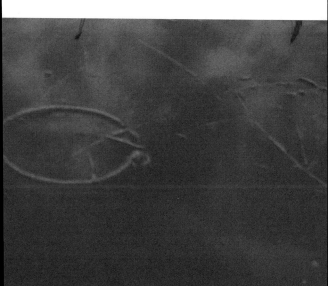

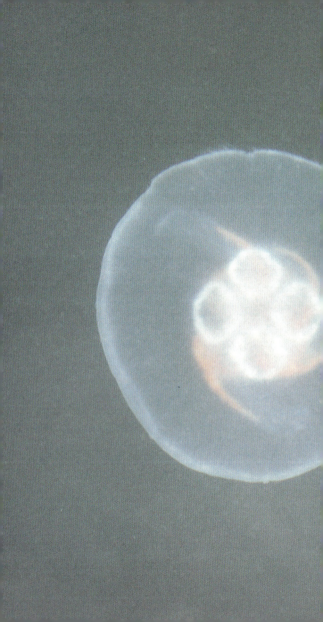

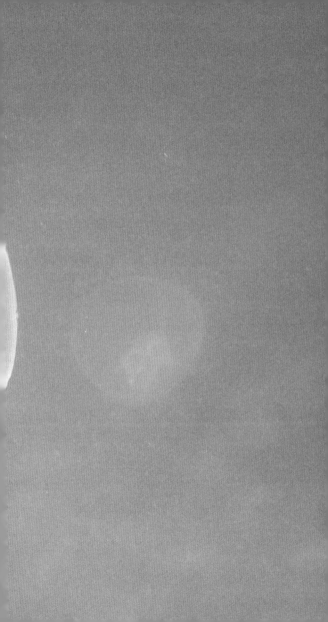

Kinderkram

Es war einmal eine Zeit, in der sehr früh am Morgen oder auch spät abends es geschehen konnte, dass man ganz alleine in der Aula des Pantheon stand, als winziges, kleines Menschlein, inmitten der gewaltigen Steinhalle. Ich suchte damals diesen Eintritt in die Physik des Alleinsein, ich war geradezu süchtig danach, denn wundersamerweise betrat ich, aus der Wirklichkeit heraus, einen zeitlosen Raum. Es war zwar völlig unverständlich, dass

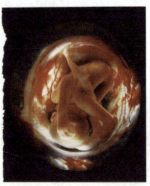

dann niemand außer mir an diesem einmaligen und großartigen Ort weilen wollte, dass kein anderer nach diesem Wunder verlangte, aber gerade darin sah ich mein Glück. Die ganze Menschheit war unterwegs, wuselte irgendwo da draußen herum, auf den Gipfeln des Himalaja gab es ein großes Gedränge, und ausgerechnet hier war ich allein. Ein Gefühl aus meiner Kindheit befiel mich, und mein Denken verschmolz mit den Dingen der Umgebung zu einer Emulsion. Es fand eine Art der Verdoppelung statt. Ich ging über die glatte Scheibe des Fußbodens, spürte den harten Glanz des Marmors unter meinen Fußsohlen und sein fast unmerkliches Gefälle zur Peripherie. Ich versammelte die Geschwindigkeit der Weite in meinen Knochen und blickte gleichzeitig durch das Loch der Kuppel von oben auf mich herab und sah einen wandernden Winzling, der auf dem geometrischen Muster der Bodenplatte einen sich schlängelnden Bienentanz aufführte. Es gab keine Nahsicht, es gab keine Fernsicht, alle Dimensionen waren aufgehoben und es gab nur die eine eigene Welt, die wie eine Blase in der anderen Welt schwebte. Es dehnte sich ein totales, sicheres Ich. Dieses Ich füllte den ganzen großen Raum des Pantheon und schwappte nur leicht über den Bronzering des offenen Opeion nach außen. Ich fühlte mich so wohl wie in Abrahams Schoß, so geborgen wie in der Höhle unter dem Wohnzimmertisch, so allmächtig wie bei dem Blick durch die kleine Dachöffnung des aus Bauklötzchen gestapelten Verstecks, in dessen Inneres man nur mit den Augen gelangen konnte. Da stand ich nun und fühlte, was ich als ein kleiner Junge gefühlt hatte, der ganz in seiner Welt aufging. Damals war es selbstverständlich gewesen, eine Murmel aus Stein, aus Metall oder Glas viel langsamer über das Parkett rollen zu lassen, als es jedem erwachsenen Menschen je möglich gewesen wäre. Damals konnte ich tiefer als alle anderen in die ruhigen Drehungen der Kugel blicken, inbrünstiger die Masse abschätzen, zufriedener die Härte des Ebenmaßes spüren, feiner die Beharrlichkeit des Laufs, den bollernden Klang oder das leise Sirren wahrnehmen. Und genauso hingebungsvoll füllten meine Sinne jetzt die große

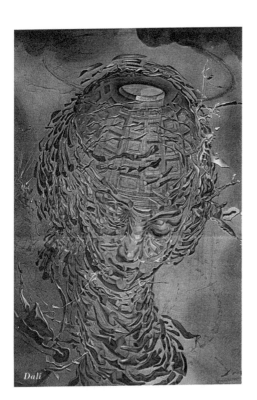

Pantheon-Kugel.

Bei einer glücklichen Gelegenheit, vom Pantheon in seinem Repertoire der Wunder und Rätsel bereitgehalten, konnte sich dieses Phänomen der Selbstverdoppelung und Selbstwahrnehmung physikalisch verwirklichen.

Ich bekam Besuch. Eine junge Familie war in die Halle getreten. Die beiden kleinen Mädchen, vielleicht sieben und neun Jahre alt, entdeckten die Ähnlichkeit des Fußbodenornaments mit einem Spielfeld und kamen hüpfend und springend in den Raum hinein. Doch die Abstände des Musters waren zu groß für ein normales Hinke-Pott oder Himmel-und-Erde-Spiel, und so sahen sich die Kinder nach einer anderen Eroberungsmöglichkeit um. Lag es am Klatschen der Sandalen, das in den Ohren der Mädchen nachhallte, daran, dass die Kleinere dem Echo etwas nachrief? Sie stand jetzt nahezu in der Mitte des Raums und sang mit zartem Stimmchen gegen die Kuppel »Huuuuuu...«. Ihre Schwester nahm den Ton sogleich auf und antwortete etwas

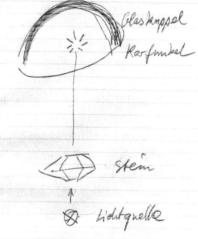

Soviel zur Herstellung eines Karfunkelsteins.
Über dem durchleuchteten Stein bildet sich
inmitten der Glaskuppel der Karfunkel,
eine punktuell schwebende Lichtgestalt
(1 Wunsch)

tiefer »Hoooooo...«.

Es geschah etwas ganz Unerwartetes. Die kleinen Stimmen ertönten mit so großem Volumen, wie ich es nicht für möglich gehalten hätte. Beider Ton war satt und voll und dennoch transparent und klar. Huuu... und Hooo... verhallten, aber dann, wie der Widerklang eines Echos, schwebten die Stimmen der Schwestern noch einmal herüber: Die zwei Klänge waren jetzt miteinander zu einer einzigen Engelsharmonie verschmolzen, wie sie glockiger zu Weihnachten im Petersdom nicht erklingen könnte, ganz zart, ganz fern, ganz rein. Der Vielklang erreichte, von 140 Mikrofonen, den Kassetten in der Pantheon-Kuppel, aufgezeichnet und von gleichsam 140 Boxen gesteuert und abgemischt, seinen Ausgangspunkt. Die Architektur funktionierte wie der kunstvolle Klangkörper einer Guarneri, verfeinerte eigenmächtig die Vibrationen der Töne und trug sie zärtlich durch die Windungen der Ohrschnecke in das Zentrum des Lauschenden. Wundersam berührt stand jeder für sich im Inneren des eigenen kostbaren und uralten Musikinstruments, inmitten der transzendenten Realität einer polyphonen Raumschwingung.

Schinkel, Zauberflöte

Kunstkammer

Nikolaus Lang, Nachlass, 1973

Patritii
Sporer

Tyrocinij
Pars 2.

Nach Großmutters Tod blieb das Haus lange Zeit unbewohnt. Keiner wollte den Anfang machen und die alten Dinge neu sortieren, keiner wollte Sachen, die noch zu gebrauchen waren, ins Auto laden, keiner wollte aufräumen und mögliche Konvolute für den Flohmarkt zusammenstellen. Alles blieb, wie es war. Nur wir Kinder schlichen uns manchmal durch die schlecht verriegelte Kellertür und wagten uns in die stillen Zimmer. Dann fingen die Räume an zu erzählen und führten uns auf Zehenspitzen durch unbekannte Zeiten und Handlungen. Insbesondere zwei entlegenere Kammern lockten uns immer wieder an. Es waren die Schatzkammern von Ali Baba, Horte fremder Epochen, Museumssäle vergangener Zukunft. Es waren die Vorratskammern der Großmutter.

In der ersten Kammer lagerte in sauberen Schichten die Weißwäsche, stapelten sich

Laken wie Sedimente. Tischdecken, Bezüge, Handtücher, Ballen von Flachsleinen füllten, hinter karierten Vorhängen, die hohen Regale. Es gab ein Bord mit Stiefeln, Schachteln mit Hüten, Kästen mit Schlüsseln ohne Schlösser, Ballkleider und eine alte Uniform. In der zweiten Kammer war es merklich kühler. Hier lagerte die prächtigste Sammlung. In endlosen Reihen standen Gläser und Krüge in der dunklen Farbglut eingemachter Früchte. Marmeladen und Kompotte, Säfte und Gelees, gesammelt für eine tausendjährige Mahlzeit, fein nach Farben und Glasformen geordnet. Edler Überfluss, eingekocht und reduziert und in vertikalen Beeten angelegt, stand matt glänzend und kostbar aufleuchtend im Licht der kleinen Fenstersonne. Dieser Hort, in vielen Sommern zusammengetragen und -gerührt, nach geheimnisvollen Rezepten verfeinert und der frischen Luft entzogen, war kein Vorrat notwendiger Lebensmittel. Er diente alleine der optischen Gewissheit einer großen Lebenslust und dem Kraftbild eines fruchtbaren Gartens, der jetzt langsam hinter dem Haus verwilderte und von Brennnesseln überwuchert wurde. Nicht auf die einzelnen Dinge kam es an, die Bedeutung lag in den Kammern selbst. Sie waren etwas im Wortsinne Kunstvolles, sie waren Kunstkammern. Die Vorratskammern der Großmutter bildeten das *Grüne Gewölbe* ihrer persönlichen Machtsphäre, die Schausammlungen ihrer Herrlichkeit. Sicher, man konnte sich an den einzelnen Kleinodien ergötzen, hier etwas Neues finden, dort das Geschenk einer Idee entgegennehmen, aber zuallererst war dieser Ort eine wohlbedachte Welt, die nach eigenen Regeln und Maßstäben neben der gemeinen Welt angelegt worden war und nachhaltig existierte.

Uns Kindern war die Wirkungsweise einer Kunstkammer naturgemäß bekannt. Schließlich hatte jedes von uns ein heimliches Versteck mit sorgsam verwahrten Werten, Werkzeugen, Spielzeugen und Fetischen, deren Zweck nicht die Benutzung, sondern

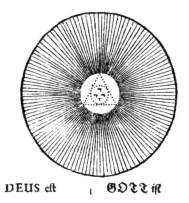

DEUS est | GOTT ist

die Andacht war. Dementsprechend feierlich ging es zu, wenn diese Schätze, aus Gründen der Reputation oder zur Bekräftigung neuer Bündnisse, vor den Augen anderer geöffnet wurden. Sogar das allgemeine Schulwesen wollte und will, indem es ausgewählte Alltagsdinge im Weiheraum des Klassenzimmers herausstellt, bilden und das gewöhnliche Leben zu Besserem formen. Besonders eindrucksvoll sind mir noch jene Unterrichtsstunden in Erinnerung, in denen mich ein glitschiges Kuhauge vom Schultisch her angestarrt hatte oder ein reisender Schausteller einen zerfledderten Falken, einen blinden Uhu, eine starre Schlange vorzeigte, während ein Schmied auf dem Schulhof ein Hufeisen bog. Der Falke sah die Schlange nicht, und zum Hufeisen gab es kein Pferd, aber wir Kinder verspürten die große Strahlkraft dieser seltsamen Demonstrationen. Sie wiesen weit über das Detail hinaus, und ihre Faszination lag jenseits aller Logik. Sie schufen eine sinnliche Atmosphäre der Möglichkeit, des Vagen und Ungewissen,

Cœlum.

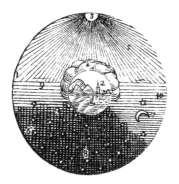

Der Himmel.

tausendmal spannender als jedes klare Ergebnis. Im Übrigen wäre es die Aufgabe des Lehrers gewesen, die einzelnen Dinge zusammenzufügen, ihnen eine Ordnung, einen Platz in der großen Kunstkammer der Bildung zuzuweisen. Das System der Zuordnung vermaß zumeist sowieso nur den Abstand zwischen Alpha und Omega und gliederte das große Sammelsurium der köstlichen Weltdinge, ganz schriftgläubig, nach dem Alphabet. Ein »Erstens, Zweitens, Drittens« wurde, zweitens, für mittelgroße Komplexe aufgehoben, und für den zusammenfassenden Überbau war, drittens, die elegante, grafische Darstellung vorgesehen. Das *Orbis Sensualium Pictus*, das erste versammelnde Schulbuch unserer deutschen Zeit, beginnt mit einer solchen Figur, mit der Darstellung eines umfassenden Zirkelschlags für jede seiner wiederum drei notwendigen Subsummierungen: Gott, Himmel und Welt sind die großen Kreise, und jeder beschreibt ein geschlossenes System. Dass es notwendig ist, Beziehungen zwischen

I I.

Mundus.

Die Welt.

diesen Einheiten herzustellen und für Bewegung und Austausch zu sorgen, um sich weiterzubilden, beschreibt ein nächstes Schulbeispiel, in dem, dem Fortschritt geschuldet, nicht drei, sondern nur noch zwei Kreise die Ausgangslage bilden. Der Kunstsammler Harald Falckenberg beginnt sein Buch *Aus dem Maschinenraum der Kunst*:

»Es muss in der Untersekunda gewesen sein, als unser Geschichtslehrer Dr. M. im Zusammenhang mit dem Gang Heinrichs IV. nach Canossa zum großen Wurf ansetzte. Ein Kreis mit G auf der rechten oberen Ecke, ein zweiter mit W auf der linken unteren Ecke der Wandtafel, dann hastig hin und her gezogene Striche, bis die Kreide brach, und die Erklärung: ›Hier Gott, da die Welt, und dann muss man die Verbindung herstellen. Jungs, schreibt Euch das auf, so prägnant bekommt Ihr das nie wieder.‹ ... Das war meine erste Begegnung mit der Transzendenz und der Immanenz.«

Wenn die festen Positionen nur Stationen

sind, wenn Grenzen sich auflösen und die begrifflichen Festschreibungen lediglich der Orientierung dienen, sind die Bedingungen für die Kunstproduktion günstig, für das suchende Denken allemal.

Das Pantheon in Rom bildet nur eine einzige, alle unzähligen möglichen Positionen und Manöver umfassende Haut. Die beiden Öffnungen in der sonst geschlossenen Kugelhülle können zwar auch mit W und G markiert werden, die eigentliche Auseinandersetzung findet jedoch in ihrem Inneren statt. W und G führen nur in den Denkraum hinein. Der geometrische Baukörper, der seine Vermittlerrolle offenlegt, hält eine perfekte Arena vor. Er ist eine Wunderkammer ohne stoffliche Sammlung. Kein Gegenstand verstellt das Angebot. Was es darin zu entdecken gibt, ist imaginär. Man selbst ist Gast und zugleich einziges Exponat in dieser Kunstkammer.

La Dolce Vita

•

La Dolce Vita

Italien / Frankreich 1960
167 Min.
SW

SPRACHE: *Italienisch / Englisch*
REGIE: *Federico Fellini* **PRODUZENT:** *Giuseppe Amato, Franco Magli, Angelo Rizzoli*
DREHBUCH: *Federico Fellini, Ennio Flaiano, Tullio Pinelli, Brunello Rondi*
MUSIK: *Nino Rota* **KAMERA:** *Otello Martelli*
DARSTELLER: *Marcello Mastroianni, Anita Ekberg, Anouk Aimée, Yvonne Furneaux, Magali Noël, Alain Cuny, Annibale Ninchi, Walter Santesso, Valeria Ciangottini, Riccardo Garrone, Ida Galli, Audrey McDonald, Polidor, Alain Dijon, Enzo Cerusico* **AUSSTATTUNG:** *Piero Gheradi* **KOSTÜM:** *Piero Gheradi*

OSCAR: *Piero Gheradi (Kostüm)*
OSCAR-NOMINIERUNGEN: *Federico Fellini (Regie), Federico Fellini, Ennio Flaiano, Tullio Pinelli, Brunello Rondi (Drehbuch), Piero Gheradi (Ausstattung)*
GOLDENE PALME IN CANNES: *Federico Fellini (Regie)*

Das Gespräch zwischen Tullio Pinelli, Frederico Fellini und Piero Gheradi dauerte nicht einmal eine halbe Stunde. Man hatte überlegt, ob die unentschlossene und sehnsuchtsvolle Begegnung des tragischen Helden Marcello mit der prallen Weiblichkeit, dargestellt von Anita Ekberg (in einer der vier herausfordernden Frauenrollen des *Süßen Lebens*), wohl vor dem Obelisken am Brunnen auf der Piazza Rotonda beginnen könne: Die Ekberg streicht liebkosend mit der Hand durch das sprudelnde Wasser, steigt zu Mastroianni auf die Vespa, sitzt vorne auf dem Sattel, und beide drehen einige schlüpfrige Runden inmitten der Rotunde des Pantheon, und die Reifen des Rollers pfeifen hell auf dem Marmorfußboden, bis die wirbelnde Spirale der Kamerafahrt die Öffnung in der Kuppel gefunden hat ...

Dann könne man ja gleich eine Sexszene

drehen, meinte Fellini, und um erotische Erfüllung gehe es ja nun gerade nicht. Ziellos, flüchtig, nervös, sinnlos, todsündig und morbid umkreist Fellinis süßes Leben eine unsichtbare Mitte. So wie das Nichts des weiten Lochs in der Kuppel des Pantheon dem Bauwerk seine Festigkeit verleiht, so werden die Szenen des Films von einer großen Leere getragen. Vom Regisseur und seinem Stab sehr sorgfältig analysiert, wird die Erzählung des Films von den Veduten Roms untermauert. Die Handlung zieht durch eine von ihr selbst gebaute Stadt, entfaltet sich vor einem architektonischen Spiegel, und so kam es, dass nicht das vollendete Pantheon als Sinnbild sexueller Lust Weltberühmtheit erlangte, sondern die barocke, vieldeutige Fontana di Trevi. Auf das Bild einer geöffneten Grotte wollte man allerdings nicht mehr verzichten, denn allzu weiblich, verführerisch und verheißungsvoll ist ihre Wirkung. So steht Anita Ekberg auf der linken Seite des Brunnens, auf der Seite der dort allegorisch dargestellten

Üppigkeit und des Überflusses, vor einer tiefen, dunklen Höhle und legt den Kopf in den Nacken, bietet den Hals, das Haar fällt offen herab, ihr Mund öffnet sich, und ... das Wasser des Brunnens versiegt. Plötzlich. Der Brunnen wurde abgedreht, der Zauber ist verflogen, Marcello ist nass.

Schon vorher hatte *La Dolce Vita* einen Brunnen zur Bühne für eine Frau gewählt. Wieder eine nächtliche Szene mit Marcello, diesmal an der Seite Maddalenas, einer reichen Erbin, die nach der Liebe dürstet, vor dem Brunnen auf der Piazza del Popolo, gleich unterhalb des Pinchio. Wie bei der Fontana Di Trevi, ist es eine breit angelegte Brunnenwand, ein Brunnen im Cinemascope-Stil, ein Breitbildleinwand-Brunnen. Aber dieser Brunnen führt von Beginn an kein Wasser, er ist hoffnungslos trocken und oberhalb seiner Schale, auf der Passeggiata, warten seit hundert Jahren die alten Huren auf ihre Freier.

Emma, die unglückliche Verlobte Marcellos,

nur telefonisch an seiner Seite, löst währenddessen Tabletten in einem Glas Wasser auf und nimmt sich das Leben.

In der letzten Szene des Films sehen wir nochmals ein Mädchen am Wasser, die wohl zarteste, unschuldigste Frauenfigur des Films. Wir haben Rom verlassen, wir sind an der fließenden Grenze, an der Küste. Marcello steht am Strand. Dort liegt ein toter Rochen. (Was ist oben, was ist unten?) Das Mädchen Paola, etwas weiter weg, ruft Marcello etwas zu. Er antwortet: »Ich kann dich nicht verstehen, ich kann dich nicht verstehen ... das Meer!«

Ein überfließender Wasserschwall, eine trockene Schale, ein Giftbecher, das Meer sind Gefährten des Flüchtigen.

Disney, Alice

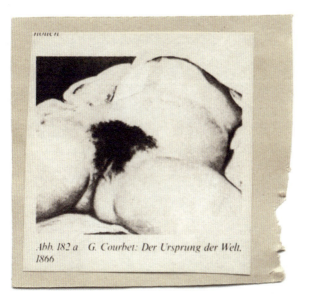

Abb. 182 a   G. Courbet: *Der Ursprung der Welt,* 1866

Maulwurf

SACRIFICE
Il est Gravé sur la Montagne de B

U SOLEIL.
te Egypte, a 55 lieues du Caire.

Der Künstlerin A. L. G. verdanken wir eine tiefgründige, eine sogar unermessliche Skulptur, die seit dem Jahr 2005 unaufhörlich wächst und deren Oberfläche im Laufe der Zeit ein globales, skulpturales Internet ergeben wird.

Vorausgegangen war die Ortsbegehung eines mit schöner Aussicht an der Hamburger Alster gelegenen, herrschaftlichen Anwesens. Die dort residierende Wohngemeinschaft, bestehend aus einem Starkoch, einer Starfriseuse und einem Staranwalt, hatte den Präsidenten der örtlichen Kunstakademie damit beauftragt, er möge gelegentlich einige besonders begabte Nachwuchskünstler vorbeischicken, damit einer von ihnen die repräsentative Skulptur für den Garten, zur Straße hin gelegen, kreieren könne. Der Garten bestand aus scharfkantigen, rechteckigen Rasenflächen, die sich dort zusammen mit symmetrisch verteilten, gestutzten Buchsbäumchen aufhielten und von geharkten Kiesflächen vornehm auseinandergehalten wurden. Die Künstlergruppe wurde entsendet und die Wirkung des Gartens führte bei G. zu folgendem Entwurf:

Man solle am Oberlauf der Alster einige wild lebende und besonders kräftige Exemplare des Maulwurfs (Talpidae) einfangen und diese auf besagtem Terrain wieder freisetzen. Als Alternative für weniger Mutige bot sie an, die Maulwürfe in ihrem ursprünglich angestammten Gebiet zu belassen und nur ihre Hügel in Gips abzuformen, um sie anschließend in Bronze zu gießen. Diese Bronzen sollten dann vom Gärtner des Anwesens, immer gleich nach dem wöchentlichen Feinschnitt der Rasenflächen und nach Belieben des Mannes, auf dem Muster aus Gras und Kies neu platziert werden.

Leider ließ sich das Selbstbild der Hausgemeinschaft weder mit diesem noch mit einem der anderen Entwürfe zur Deckung

Abformung bringen, und wir wissen nicht, welcher Art die Skulptur ist, die schließlich Einlass in den Garten gefunden hat. G. jedoch griff zum Zeichenstift und entwickelte sich ziemlich schnell zu einer Maulwurfexpertin, die sich immer mehr in die klumpigen Hervorbringungen des ewigen, vom blanken Gärtnerspaten bedrohten Undercoverspezialisten vertiefte und sich bald so weit eingearbeitet hatte, dass sie, nur aufgrund des oberflächlichen

Erdauswurfs, die im Verborgenen liegenden Gänge, Höhlen und Kammern, die unterirdischen Strukturen, die unsichtbaren Anlagen und dunklen Geheimnisse des Wühlers zu deuten vermochte. Für die Künstlerin war die blinde Wut des Gärtners auf die schönen Hügel des Schwarzbaumeisters nur eine recht schlichte Reaktion auf deren Symbolkraft, die von den erdtief und höllennah angelegten Katakomben ausging, wo das Böse seit jeher *Umformung*

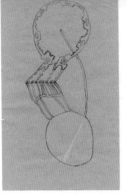

vermeintlich lauert. Sie hingegen verstand den Maulwurfhaufen zuallererst als sichtbare, positive Form einer unsichtbaren, negativen Skulptur, als ein schöpferisches Symbol und bescheidenes Zeichen für unermüdliches Wirken im Verborgenen. Ihr öffnete sich eine Pforte zu einer wunderbaren, anderen Welt.

Die Künstlerin verglich die Maulwurfhügel mit allen hervorragenden Architekturen der Weltgeschichte und schreckte nicht davor zurück, sie mit den gewaltigsten Bauwerken gleichzusetzen. Auf derselben Plattform, nur in umgekehrte Richtung geöffnet, war, nach ihrer Ansicht am vorbildlichsten, das Pantheon gebaut worden. Als Meta-Bauwerk böte es der menschlichen, üblicherweise nur am Boden wurschtelnden Vorstellungskraft, den spirituellen Zugang zu einer Welt, die von der eigenen Dimension nicht vorgesehen war. Aufgrund der spektakulären Analogie

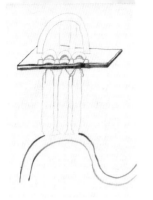 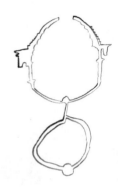

beschloss G., den Maulwurfhügel dem Pantheon auch stofflich gleichzusetzen, ihn so der Flüchtigkeit zu entziehen und aufzuzeigen, dass die um eine zusätzliche Position verlängerte Blickachse zwischen innen und außen von metaphysischer Natur ist. Sie ließ das Tor zur Erde in Bronze gießen, denn auch das Pantheon öffnet ein Bronzetor. Die osmotische Kraft dieser genialen Membranfixierung war ohne jede subversive Absicht der Unterwanderung auf das Erdinnere gerichtet, genauso edel auf das Ganze zielend, als wäre sie himmelwärts gerichtet.

Dem Gärtner wird dies nicht gleich ein Licht aufsetzen. Für ihn wirken weiterhin dunkle

Kräfte im Inneren der Erde. Dort jagt 007 Dr. No. Deshalb verlegt Blofeldt seine Weltvernichtungsproduktionen in erloschene Krater. Alles, was sich von unten nach oben öffnet, spuckt Gift und Galle, Tod und Verdammnis. Allesamt hausen die Ängste in den Kavernen der Unterwelt, gleich neben Gollum, lebendigen Toten und warzigen Drachen. Derartiges Gewürm wird noch lange die zitternden Knochen des Gärtners benagen, wenn schon der finstre Wald ihn schreckt.

Chartre

Es ist nicht leicht, heiter nach unten zu blicken. Auch die Kunst spielt uns nur selten einen fröhlichen Hinweis aus der Tiefe zu. Bruce Naumans Betonabguss des Raums, der sich unter einem Holzhocker befindet, ist vielleicht ein glückliches Beispiel, zumal von großer Schönheit. Darüber hinaus bietet er die tröstliche Gewissheit, dass sich das Unsichtbare genauso verhält wie das Sichtbare. Um getrost nach unten zu blicken, bedarf es solcher Zuversicht. Ein wünschender Blick ist klarer und die Ur-Künstler, die Maler von Lascaux und Altamira, bevorzugten diese Ansicht. Sie holten das helle Licht der Savanne in die Dunkelheit und versicherten sich der Pferde, der Bisons, der ziehenden Herden großer Möglichkeiten. Sie vergewisserten sich ihrer Erfolgsaussichten, wenn die Wolken der wirklichen Tage wieder so tief hingen, dass ihre Stimmung sich trüben wollte.

Den Maulwurf interessieren solche Vorstellungen überhaupt nicht, auch macht er sich nichts aus der *schönen Aussicht*. Er bleibt ausschließlich untertage. Blind und nach Belieben wechselt er dort ständig das Niveau, wozu nichts weiter anzumerken ist, als dass er gleichmütig in der Tiefe des Raums verschwindet.

*Im Atelier von G. hängt eine Illustration zu Dantes
»Inferno«, es ist eine kolorierte Zeichnung von
Sandro Botticelli: »Der Höllenschacht«. Das Bild ist
auf den Kopf gestellt. Der sich in den goldfarbenen
Erdkörper mit immer enger werdenden Wendeln ein-
kerbende Schacht, der schließlich in eine Satansblase
mündet, wird zu einem erfolgreichen Turmbau zu
Babel, der vor göttlich-goldenem Himmelsantlitz eine
lichtblaue Schale trägt.*

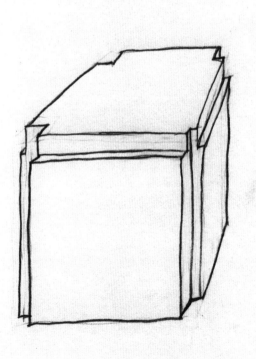

Melville

Im Oktober 1920 schrieb mein Großvater Werner Buehl in Rom einen Brief an seine Frau Emmy:

»... *wie ein Pottwal liegt das Pantheon im Meer der Stadt. Über dem Blasloch in seinem gewaltigen Schädel kreisen die Raubmöven.*«

1955 schenkte er mir mein erstes Buch, *Moby Dick* von Herman Melville.

Das 51. Kapitel beginnt so:

Dieweil das Segelschiff südlich von St. Helena durch den Carrolgrund glitt, in einer mondhellen Nacht, als die Dünung weithin gleichsam in silbrigen Voluten vorüberrollte und durch ihr leises, ineinanderrinnendes Rauschen gewissermaßen eine silbrige Stille bewirkte, die nichts Einsames hatte, während einer solchen nächtlichen Stille geschah es, daß weit voraus ein silbern aufsteigender Strahl zu sehen war. Vom Monde beglänzt, wirkte er ganz und gar unirdisch; wie der glitzernde Federbusch eines Wassergottes entstieg er dem Meer. Fedalla war der erste, der das Gebläse sichtete. Er pflegte nämlich während dieser mondhellen Nächte in den Großtop zu entern und dort mit derselben Genauigkeit auf Ausguck zu stehen wie am hellichten Tage. Nun mochten des Nachts die Walfische rudelweise zu sehen sein, es wagte dennoch kaum je ein Walfänger, ihretwegen in die Boote zu fallen. Man kann sich daher unschwer ausdenken, mit welchen Gefühlen das Wachtvolk den alten Exoten zu so ungewöhnlicher Stunde hoch oben im Mast horsten sah, wobei sein Turban wie ein Gestirn am nächtlichen Himmel leuchtete. Mehrere Nächte hintereinander war er dort oben Wache gegangen, ohne den geringsten Laut von sich zu geben. Als nun nach all diesem Stillschweigen auf einmal seine unirdische Stimme erschallte und den silbrigen, mondbeglänzten Strahl anzeigte, da kam die ganze verschlafene Mannschaft auf die Beine, als hätte sich irgendein beschwingtes Geisterwesen ins Takelwerk niedergelassen und rufe die Erdenkinder an. »Blast voraus!« Wären die Posaunen des Jüngsten Gerichts erschallt, das Schiffsvolk hätte nicht tiefer erschauern können; und doch war es nicht Furcht, was sie empfanden, eher eine freudige Erregung. So eindringlich war der Ruf, so unbedingt hinreißend, daß es trotz der höchst ungewohnten Stunde fast einen jeden drängte in sein Boot zu fallen.

Ahab, der mit schnellem, breitspurigem Schritt an Deck hin und her stelzte, befahl nun, Bramsegel und Oberbramsegel zu setzen und sämtliche Leesegel auszuspreiten. Der befahrendste Mann an Bord mußte ans Ruder; jeder Ausguck wurde besetzt. So lief das Schiff mit vollen Segeln vor dem Winde einher. Der seltsam beschwingende Auftrieb der alle Laken schwellenden achterlichen Brise bewirkte, daß man auf dem schwebenden Deck federleicht wie auf Luft wandelte. Während das Schiff unaufhaltsam voranbrauste, schien es gewissermaßen vom Widerstreit zweier sich bekämpfender Mächte bewegt, einem himmelwärts strebenden Drang und der Gier nach einem wasserpaß vorausliegenden Ziel. Und wer in jener Nacht auf Ahabs Miene geachtet hätte, würde auch dort gleichsam einen Widerstreit bemerkt haben. Während das eine lebendige Bein einen lebhaften Widerhall über das Deck hin auslöste, tönte jedes Auftreten des Stelzfußes wie das Pochen aus einem Sarg heraus. Leben und Tod wechselten mit jedem Schritt des Alten. Obwohl nun das Schiff in fliegender Fahrt vorankam und aller Augen begierig Ausschau hielten, bekamen wir doch den silbrigen Strahl in jener Nacht nicht wieder zu Gesicht. Ein jeder beschwor ihn einmal gesehen zu haben, jedoch kein zweites Mal. Das mitternächtliche Gebläse war schon beinahe in Vergessenheit geraten, als es ein paar Tage später auf einmal zur selben Stunde wiederum gesichtet wurde. Auch diesmal nahmen es alle deutlich wahr; sobald indessen sämtliche Segel beigesetzt worden waren, um die Erscheinung einzuholen, verschwand sie abermals, als hätte es sie nie gegeben. Und so trieb dieses Gebläse es mit uns, Nacht für Nacht, bis wir uns zuletzt damit begnügten, es von ferne zu bestaunen. Geheimnisvoll stieg es in mondhellen und sternklaren Nächten aus der anderen, unteren Welt empor, ließ sich dann ein, zwei oder drei Etmal hindurch nicht mehr blicken und schien bei jedem erneuten Auftauchen noch weiter vorauszuliegen. Es war gleichsam, als lockte der einsame Strahl uns endlos in die Ferne.

Darstellung des ersten künstlichen Nordlichts vom 20. November 1871 über dem Luosma bei Inari (Finnland). Das Nordlicht wurde mit einem Prototyp des „Ausströmungsapparates" von Professor Lemström hergestellt.

Galerie für Landschaftskunst, Oliver Kochta-Kalleinen

Milchholen

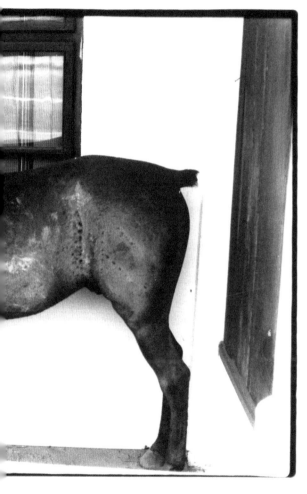

Kürzlich saß ich auf der Mauer neben dem Pantheon, rauchte Zigaretten und träumte. Ich hoffte darauf, dass der Große Weltensauger auch kleine, skurrile Begebenheiten und bizarre Assoziationen aus dem All meiner eigenen, verworrenen Erinnerungen in sein Loch hineinziehen würde, um sie sinnvoll vor mir wieder auszubreiten.

Die erste Geschichte, die pantheongefiltert auftauchte, ereignete sich ursprünglich in Norwegen. Wir waren zu fünft mit einer Snegge, einem alten Motorboot, zum Fischen auf den Seljord gefahren. Auf Backbord hatten wir ein Scherbrett mit sechs Haken gesetzt und alle achteten konzentriert darauf, ob ein silbernes Fischblitzen die dunkle Wasserfläche streifen würde. Ich stand an der Pinne und sah nach Steuerbord, um einen möglichst weiten Bogen durch eine Bucht abzuschätzen, ohne dabei unser Scherbrett zu überlaufen. Da wölbte der weinfassgroße Kopf einer Seeschlange etwa 20 Meter entfernt die Wasseroberfläche, hob sich gerade so weit aus der Tiefe heraus, dass mich der stechende Vogelblick eines riesigen, lidlosen Auges fixieren konnte, ehe die dunkle Masse wieder seitlich in das Wasser zurückrollte und verschwand. Der Augenblick des Auftauchens war unglaublich kurz, der Blick selbst war so intensiv gewesen, dass ich auf seinem Strahl in die Pupille des Tiers rauschte und weiter hinein durch dieses Loch, entlang der Nervenbahnen bis in die Schwanzspitze des 12 Meter langen Leibes. Leider wurde mir diese wahre Begebenheit sogleich als Lüge ausgelegt.

Die nächste Erinnerung führte mich zurück in ein Kinderheim im Allgäu, in dem ich längere Zeit lebte. Weil ich dort nicht nur für ein paar Wochen Sommerfrische tankte und gesunde Luft zu mir nahm, sondern morgens mit der Dampfeisenbahn zur Schule fuhr und nachmittags ohne Schuhe durch den Wald lief, gehörte ich zu den »Alten« unter den Kindern und war im Heim mit festen Aufgaben betraut. Ich war es, der abends die Milch holte. Natürlich lernte ich dabei, wie man eine volle Kanne über Kopf im Kreis schwenkte, ohne, dass ein Tropfen überschwappen würde, aber der eigentliche Grund, dass mir diese Sache einfiel, war folgender. Ich musste nämlich Buttermilch holen und Buttermilch mochte ich nicht. Da aber ich es war, der täglich die drei Kilometer zur Molkerei lief und wieder zurücktrabte, fasste ich den Entschluss, dass wenigstens einmal normale Kuhmilch auf dem Tisch stehen sollte. Vom Milchholen zurück, behauptete ich also, Buttermilch wäre aus gewesen, heute gäbe es frische Milch. Niemand schien meine Lüge zu bemerken. Am nächsten Tag stand ich pünktlich vor der Küche, gegen drei Uhr gab es immer eine dick bestrichene Brotschnitte mit Pflaumenmus, um mir meine Stulle abzuholen. Ich erhielt eine Scheibe, von der nur noch der schmale Ring der Brotkruste übrig war, auch das

Pflaumenmus war in dem sauber ausgepulten Loch verschwunden. Pflaumenmus war aus. Man hatte mir die Wahrheit aufs Brot geschmiert.

Auf Capri lernte ich Esposito Chiara kennen. Dieser Mann trug seinen Namen wie ein Ehrenzeichen, denn es war der Name neapolitanischer Findelkinder. Er war auf der Insel der Superreichen ausgesetzt worden und mit der Ausbesserung und Instandhaltung der Fahrstrasse von Marina di Capri nach Capri beauftragt. Mit einer Eisenkarre voller Teerkies, einem Gasbrenner, einer Schaufel, einer Hacke und zwei rotweißen Blechhütchen ausgerüstet, hatte er für seine Tätigkeit eine besondere Methode entwickelt. Zuerst vergrößerte er das jeweilige Schlagloch in der Straßendecke zu einem vollkommen runden Kreis. Dann erst füllte er es mit Schotter und heißem Teer. Er begründete dieses Vorgehen damit, dass der Straßenflicken nie die gleiche Festigkeit und Dichte haben könne wie seine alte Umgebung, dass gewissermaßen eine Art ewiges, wenn auch materialisiertes Loch übrig bleiben würde. Auf Dauer ließe sich dort nur eine Kreisform reibungslos einpassen, damit kein Verkanten oder Verhaken des Pflasters die Nahtstelle zukünftig nach innen oder außen ausbrechen könnte. Schöner und von feinerer Handschrift sei ein so geformtes Loch zudem. Esposito, der große Einsetzer!

Viertens erzählte mir der Bildhauer Horst Hellinger die folgende Geschichte: Krespl, ein verarmter Adliger zur Zeit Goethes, zeichnete sich dadurch aus, dass er z. B. seine Hosen und Schuhe selbst fabrizierte und sonst ein sonderlicher Genosse seiner Zeit war. Er baute sich auch ein Haus, lud Handwerker

ein, ihm ein zweistöckiges Haus zu bauen – ohne Fenster und ohne Türen. Da Krespl seine Handwerker gut mit Speisen und Getränken versorgte, gelang das Werk der feixenden Arbeiter. Krespl, mit selbstfabrizierten Hosen und Schuhen, betrachtete sorgfältig prüfend aus unterschiedlichem Abstand und Höhe sein neues Haus, sprang plötzlich auf, zeigte mit absoluter Bestimmtheit auf einen bestimmten Ort der festgefügten Mauern und rief: Hier mach mir eine Tür und dort mach mir ein Fenster.

B

Mitte

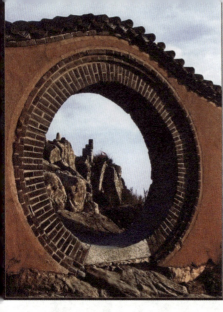

Hügel über Hügel, die Straße scheint verschwunden

Weiden und Blumen, ein weiteres Dorf taucht auf

Bildet Aussendruck oder innere Evakuierung das Kraftpotenzial der Magdeburger Halbkugeln?

Interview mit Benedikt XVI und d...

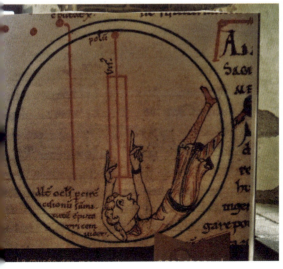

Horst Hellinger

Ausgebranntes Buch

Nachwort (Ludwig Seyfarth)

In der Einleitung seiner wunderbaren Essays über »Das Gebaute, das Ungebaute und das Unbaubare« schreibt der Kunst- und Architekturhistoriker Robert Harbison, »dass auch die handfestesten Tatsachen der Architektur bis zu einem gewissen Grad fiktional sind«.

In anderen Worten: Auch was in Stein gebaut ist und seit Jahrhunderten oder gar Jahrtausenden seine feste materielle Präsenz behauptet, existiert in ebenso manifester Weise in den Gedanken, Fantasien, Imaginationen der Menschen, die im Laufe der Zeit diese Gebäude besucht, bewohnt, von außen gesehen haben oder ihnen nur aus der Ferne über Bilder, Texte oder Erzählungen begegnet sind.

Kein Bauwerk der Welt könnte Harbisons These deutlicher bestätigen als das Pantheon in Rom, das Christoph Grau zu den vielschichtigen Forschungen und Gedankengängen inspiriert hat, die er uns in diesem Band vorlegt. Historische Fakten, philosophische Überlegungen und literarische Referenzen stehen neben der Schilderung ganz persönlicher Erlebnisse und Beobachtungen, die seit seiner Kindheit immer wieder von einer Faszination für die Abstraktion der Rundform zeugen.

Aber ist es überhaupt noch »das« Pantheon, dessen Rund der Autor hier gleichsam unzählige Maße ausmisst, oder hätte dieses Buch eigentlich »mein Pantheon« heißen müssen?

Wenn diese Grenze eindeutig zu ziehen wäre, hätte auch Harbison Unrecht, der einen unmittelbaren Übergang von physischer Präsenz zur Fiktion beobachtete, der ja gerade auf dem Prozess der mentalen Aneignung beruht, der sich vor allem beim Bewohnen eines Gebäudes zwangsläufig in irgendeiner Form abspielt. Aber auch Gedanken können Architektur »bewohnen«, und man könnte sagen, dass Christoph Grau nicht nur viel Zeit seines Lebens mit Besuchen im Pantheon verbracht hat, sondern gewissermaßen sein Bewohner geworden ist und es ähnlich in Gedanken bereist wie der Schriftsteller Xavier de Maistre Ende des 18. Jahrhunderts sein eigenes Zimmer.

Die gedanklich bereiste Architektur ist geradezu das paradigmatische Anschauungsmodell dessen, was ein Leben »in« der Kulturgeschichte bedeutet, wie es Christoph Graus Pantheon Projekt exemplarisch vor Augen führt. Vielleicht ist es nicht einmal übertrieben, es als Verkörperung dessen zu sehen, was das heute so arg in Verruf gekommene »Bildungsbürgertum« eigentlich bedeuten sollte, nämlich kulturelles Wissen nicht nur enzyklopädisch zu verwalten, sondern es dadurch weiterzutragen, dass man es »lebt«. Die emotionale Beziehung zu Bauwerken, Bildern, Skulpturen, zu Literatur oder Musik ist mit derjenigen vergleichbar, die einen leidenschaftlichen Sammler treibt. Es ist behauptet worden, dass der Sammler heutzutage die Person sei, die überhaupt noch von einer affektiven Beziehung zur Kunst zeuge, weil er bereit ist, viel Geld für sie auszugeben. Aber steht nicht auch der kapitalkräftige Sammler nur dann für die Liebe zur Kunst ein, wenn er bereit ist, auch viel Zeit in sie zu investieren?

Gerade die affektive Beziehung zum Gegenstand ist in der wissenschaftlichen Beschäftigung nach wie vor schwer verhandelbar – trotz aller längst erfolgter Kritik an der vermeintlichen Objektivität eines positivistischen, den subjektiven Anteil der Forscher selbst an der Konstruktion des »Faktischen« übersehenden Wissenschaftsbegriffs. Und erstaunlicherweise führt ausgerechnet in unserem viel beschworenen Land der Dichter und Denker eine Textgattung, die dieser affektiven Beziehung Rechnung trägt, ohne sich der wissenschaftlichen Rationalität damit gleich zu entziehen, anders als beispielsweise im angloamerikanischen Raum, eine merkwürdige Schattenexistenz. Dieser Textgattung gehören Christoph Graus Überlegungen zum Pantheon zweifelsohne an.

Ich meine den kulturhistorischen Essay, für den selbst Meister auf diesem Gebiet bei uns nicht – oder als solche nicht – genug anerkannt sind. So wird ein genialer Essayist wie Walter Benjamin weithin wie ein beinharter Theoretiker verhandelt, dessen teilweise holzschnittartige Thesen aus dem berühmten Kunstwerk-Aufsatz man immer noch gern und ewig nachbetet. Seine differenzierteren, auch literarisch hochstehenden Betrachtungen zum Paris der Baudelaire-Zeit oder zur Berliner Kindheit um 1900 hingegen werden wesentlich seltener zitiert.

Während Benjamins Forschungen zum 19. Jahrhundert zumindest als intellektuelles Allgemeingut gelten, ist ein ebenfalls in den

1930er Jahren geschriebenes Meisterwerk des kulturhistorischen Essays vergleichsweise in Vergessenheit geraten. Dolf Sternbergers Buch Panorama oder Ansichten vom 19. Jahrhundert *geht von einem architektonischen »Denkbild« (ein Begriff Benjamins) aus, das wie das Pantheon ein Rundbau ist, und wohl der einflussreichste der letzten 200 Jahre. Das Panoramagebäude ist eine Erfindung, die der schottische Porträtmaler Robert Barker 1787 als Patent anmeldete. Es handelt sich um einen Rundbau mit einer Plattform in der Mitte, auf der bis zu 150 Personen gleichzeitig ein großes, gemaltes, später auch aus Fotografien zusammengesetztes Rundgemälde betrachten konnten. Stephan Oettermann nennt das*

Jeff Wall

Panorama das erste optische Massenmedium im strengen Sinne. Zu sehen waren zunächst vor allem Landschafts- und Stadtveduten, später wurden detaillierte Darstellungen von Schlachten sehr beliebt, bei denen auch die einzelnen Orden exakt wiedergegeben waren (zum Beispiel das noch heute zu besichtigende Bourbaki-Panorama in Luzern). Da dem Betrachter die Grenzen des Bildes verdeckt sind, füllt das Bild den Blick aus, er wird gleichsam ins Bild hinein-»geschluckt«. 1794 wurde das erste öffentliche Panorama in London eröffnet, 1800 die ersten in Paris und Berlin. Um 1900 war die große Zeit des Panoramas vorbei. Vor allem das Kino, das auch die Illusion der Bewegung lieferte, lief ihm den Rang ab, entwickelte es aber später im Cinemascope- oder Rundkino weiter.

Das perfekte Motiv für sich im Rund schließende Panoramansicht wäre letztlich ein Abbild der ganzen Welt, die mit einer Körperumdrehung gleichsam im Zeitraffer zu umsegeln wäre. Aber wenn wir dieses Bild der Welt als eines auffassen, dass sich bei der ständigen neuen Umkreisung des Runds erst langsam und sukzessive ergibt, käme man dem »Weltmodell« des Pantheon näher, das Christoph Grau in diesem Band gleichsam persönlich ausmisst. Sein Pantheon-Projekt stellt uns keine nüchternen Fakten vor, sondern den exemplarischen Entwurf einer Existenz, für die »Kultur« nicht nur eine Wissens-, sondern eine Lebensform ist.

Neun Möglichkeiten,

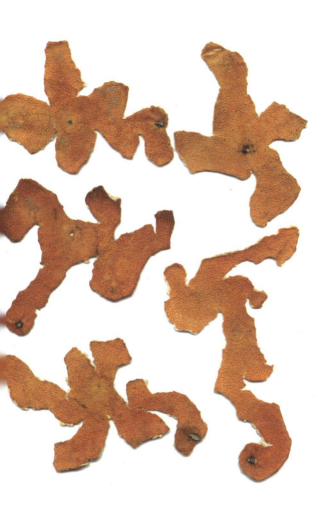

eine Mandarine zu pellen

Narrenturm

Zu seiner Zeit galt er als Sensation, als neuartiges Symbol des medizinischen Fortschritts, heute ist er fast vergessen, der Narrenturm zu Wien. 1784 wurde er als Nervenheilanstalt in Betrieb genommen und sollte, aufgrund seiner besonderen Bauweise, den Heilprozess der Kranken begünstigen, die Mondsüchtigen und Verwirrten stabilisieren und ihre unsteten Gedankenströme richten. Man erwartete viel von der magischen Kraft seiner Konstruktion. Der Narrenturm ist rund wie das Pantheon. Und noch mehr Gebäudemaße scheinen gleich zu sein, sofern die Farben von Matisse den Farben Vermeers gleichen würden, die beide Rot, Blau oder Gelb verwenden.

Den römischen Rundbau schuf der griechische Baumeister Apollodor von Damaskus. Sein Auftraggeber war Kaiser Hadrian. Der Architekt des Narrenturms ist nicht bekannt.

Ein Kaiser aber, der wundersame Architektur bauen ließ, der mit dabeisaß, wenn man über den Plänen brütete, der es ernst meinte mit dem, was einmal an Steinen von ihm übrig bleiben sollte, der wird in Wien ebenfalls genannt. Es ist Kaiser Joseph II.

Wenn nicht nur ein Zweck, sondern eine philosophische Idee den Anlass gab, eine völlig neue und vorher nie gesehene Architektur aufzustellen und damit ein wirkliches Ideen-Gebäude herzurichten, dessen Steine so geistvoll geordnet sind wie Buchstaben in den Schriften der Philosophen, dann liest sich der zugängliche Architekturtext, den Apollodor für Hadrian verfasst hat, leichter als die seltsame Chiffre des Wieners.

Der Beherrscher des römischen Reiches wird souverän und in direkter Verbindung mit allen Himmeln gezeigt, als Gastgeber sämtlicher Götter, schlicht großartig. Hadrian ist ein öffentlicher, überzeugender und konkreter Ort, das Zentrum eines physischen und metaphysischen Machtkreises und er steht auf

Augenhöhe mit einem herausragenden, von Kultur-Erkenntnissen gespeisten Weltbild.

Josephs Turm ist kaum zugänglich und von Düsternis umweht. Lässt man sich auf allerlei Spekulation ein, dann wird Joseph II vom Maßwerk des Narrenturms als ein Verwaltungstechniker beschrieben, der das menschliche Ideal und das menschliche Chaos miteinander in Einklang bringen will, die Vernunft gegen Hysterie abzuwägen versucht und gleichzeitig den Weltgeist mit alchimistischen Mitteln für sich gewinnen will.

Der Narrenturm in Wien ist ein ringförmiges und fünf Stockwerke hoch aufgeführtes Gebäude. Das horizontale Rad des Turms wird von einer Speiche zentriert, dem sogenannten Sehnengebäude. So umfasst der Bau zwei Innenhöfe. Die im Turmrad gelegenen Zellen der Kranken sind nur über das Mittlergebäude zu erreichen. Der Turm steht auf einer flachen, künstlichen Anhöhe und trug bei seiner Fertigstellung ein jetzt verschwundenes,

Mann auf Gefängnisdach

kleines, oktagonales, den Bau zentrierendes Türmchen, das damals wohl gerade über das Dach des Ringbaus hinweglugte. Über ihm lag der weite Himmel, darunter lagen die angeketteten Narren im Stroh. Diese Laterne schied den outer space von den festen Steinen, berührte sowohl große Leere als auch Materie. Und tatsächlich, schlägt man einen vertikalen Kreis um diesen Ausguck, so ist die untere Hälfte in die lateralen Ausmaße des Gebäudes und seiner Basis eingeschrieben, während der obere Bogen ausschließlich den Himmel zeichnet. Wie beim Pantheon ergibt sich das Phänomen der proportionalen Verbindung einer sichtbaren mit einer unsichtbaren Halb-Sphäre und, wie dort, sind Kreis und Kugel miteinander verwoben.

Noch ein verblüffendes Maß verbindet die beiden Rundbauten: Die steinerne Kuppel in Rom steigt mit 5 Ringen aus 28 Kassetten zu seinem Opeion auf, der Narrenturm versammelt unter seinem Augenblick 5 Stockwerkringe mit jeweils 28 Zellen. Jedoch, wenn die Zahlen sich auch gleichen, strukturieren sie in Rom die Bewegung eines kosmischen Ortes, während sie in Wien sogenannte Militär-Irre, Ruhige Geisteskranke und Aggressive Wahnsinnige sortieren sollen. In Rom erinnert das Kuppelornament eher an Mondzyklen (28) und Zyklen des römischen Staatswesens (5) und ganz abgesehen davon, dass die kluge 5 sich selbst als Zahl des Kreises in der Multiplikation zitiert, lässt sich um die aufgespreizte Hand ein durchaus ruhiger Kreis schlagen. Bei der Wiener Zahlensymbolik

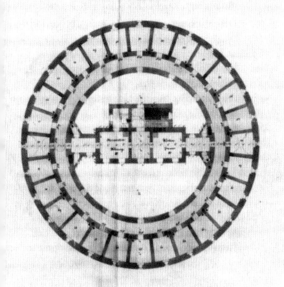

hingegen denkt man vielleicht an die 28 rosenkreuzerischen Elemente und die fünf Stufen eines alchimistischen Transmutationsprozesses. Hier wird himmlische Ordnung aufgezeigt, dort blickt man in menschliche Orientierungsversuche. Ganz Mutige werden angesichts des Narrenturms vielleicht an die 5 Geistestrübungen denken, wie sie in der buddhistischen Lehre aufgeführt werden, oder abfällig an die Hochstapelei der gleich 4 x 7 Siegel in Harry Potters aufgetürmten Büchern.

Zum Pantheon führten einmal Stufen hinauf, es stand auf einem flachen Sockel, und auch der Narrenturm steht auf einer leichten, aufgeschütteten Erhebung. Er ist ebenfalls hervorgehoben, und liest man das wunderliche Buch von Alfred Stohl, das man an der Kassa des Narrenturms erwerben kann, so wähnt man den Turm hermetisch aufgestellt, wie den magischen Grundsatz des Hermes Trismegistos, den der dreimal Heilige auf der Tabula Smaragdina verewigt hat, die aus dem Weltschlamm steigt. Ihre auf Hochglanz polierte Oberfläche will gleichermaßen den Himmel auf die Erde spiegeln.

Das Pantheon bedarf keiner leibhaftigen Anwesenheit eines allgegenwärtigen Kaisers, denn seine Architektur umhüllt und zentriert jeden Besucher, aber das Wiener Bauwerk erschließt sich nur demjenigen, der selbst bis in das kleine achteckige Türmchen hinaufgestiegen wäre, damit sich die dunklen Kräfte des Wahnsinnsturms und die pneumatischen Sphären der Erleuchtung an diesem Ort und in ihm fokussierten. Wer könnte dort hinaufgelangt sein? Außer ein paar Ärzten oder Schließern wohl nur der Kaiser selbst. Ein Ort für das Publikum war es gewiss nicht. Das Volk versammelte sich sonntags lieber draußen, vor den Mauern des Turms, und ergötzte sich an

den Narren in des Kaisers Guglhupf. Und will man allen kabbalistischen, hermetischen, magischen und geheimen Zahlen- und Rechenoperationen des Narrenturm-Buches von Stohl folgen, dann war der Guglhupf nichts Anderes als eine gigantische Rechenmaschine, und der Kaiser hockte einsam im kleinen Oktagon, in diesem platonischen Luftkörper, dem Begleiter aller Melancholie, im Divergenzpunkt seiner Konstruktion, und harrte auf ätherischen Beistand für seine vielfältigen irdischen Verpflichtungen. Der Turm war gar kein Krankenhaus, die Kranken waren nur das Ladungspotenzial, der Minus-Pol einer Kraftmaschine, die dem braven Kaiser dienen sollte.

Diese Auslegung des kaiserlichen Plans für den Narrenturm von Wien verdankt der geheimnisvolle Rundbau wohl auch dem Umstand, dass er mit all seinen gottverlassenen 140 Zellen, aus denen die Ketten erst spät herausgebrochen worden sind, heute als ein Aufbewahrungsort für unzählige, sich in der Zeit langsam zersetzende und mit Staub überzogene, pathologisch-anatomische Sammlungen dient, die uns ein düsteres Pantheon aus Stopf- und Nasspräparaten, aus Wachsen und Moulagen aufführen.

Weitere runde Bauwerke tauchen auf, die nicht, wie die römische Rotunde, einen prächtigen Zugang zur Philosophie aufzeigen, sondern eher dazu neigen, eine letzte und beschließende Station zu sein, eine Art negative Gebärmutter, in die man zurückkriecht. Von den etruskischen Tumuli bei Cerveteri über die verschiedensten Groß-Mausoleen bis hin zum gigantisch geplanten Xenotaph für Isaak Newton lassen sich viele derartige Aufbewahrungsbauten und Gefäße aufzählen. Dabei sollte das Beispiel für den Hausgebrauch nicht fehlen, das Bild von der end-embryonalen Hockermumie in zwei aufeinandergestülpten Tonvasen. Klammert sich unsere schmerzlich wahrgenommene Endlichkeit an die Unendlichkeitsformel von Kreis oder Kugel, weil das unumkehrbare Eintauchen in die

Bedeutungslosigkeit, das Verschwinden im Inneren ewiger Abläufe, dank der Schönheit und Plausibilität seiner äußeren Abbildung erträglicher wird?

Werden wir von der Kugel getröstet?

Opposition

In den siebziger Jahren reiste ich mit A. für mehrere Wochen nach Rumänien. Wir waren einander zugetan und reisten in einem alten VW-Bus, der gleichzeitig unser Zuhause war. Der Bus besaß die legendäre, getrennte Windschutzscheibe und der dünne, mittlere Fenstersteg pflügte durch die Wellen der Landschaft wie der schneidige Bug eines Schiffs. Mit seinem vorauseilenden Motiv als anhaltende Vertikale vor Augen, sammelten wir Türme, Telegrafenmasten, Säulen, solitäre Bäume, Fahnenstangen, Bergspitzen, hohe, weiße Zaunlatten und die zum Horizont fluchtenden Geraden, bis wir tief im Landesinneren Hobița erreichten, das Dorf, in dem Constantin Brancusi 1876 geboren wurde. Wir waren überrascht, dass wir auf unserer Fahrt durch die Walachei immer wieder auf grob behauene Holzstehlen stießen, wo sie auf den Friedhöfen die Gräber markierten, als läge Brancusi dort hundertfach begraben. Die Skulpturen zeigten dieselbe Kunstfertigkeit, wie wir sie aus den Pariser Katalogen des Meisters kannten. In Brancusis Dorf wurde jedes Hausdach von den *Endlosen Säulen* des Künstlers getragen, jede Veranda, jede Traufe wurde von der federnden Kraft gestützt, die sich in den schlanken Türmen aus gestauchten, ineinander drängenden Oktaedern spannte. Wie Scherengitter schnellten diese Hölzer in die Höhe und sprengten die Autonomie des Pariser Ateliers. Hinzu kam, dass jeder Gedanke an Paris inzwischen einen dekadenten Beigeschmack angenommen hatte, weil die Vampire der Securitate, die bespitzelten Rumänen und Chauchescu, der Fürst der Fledermäuse himself, offensichtlich eine von uns ausgehende, zersetzende und umstürzlerische Krankheit fürchteten und uns gänzlich isolierten. Nur ein paar ungebändigte Bauern, Banditen und die herumziehenden Roma begegneten uns ohne Vorbehalt. Als wir das Lager unterhalb des Dorfs, auf einer steinigen Weide am Fluss aufschlugen, kam ein solcher *Zigeuner-König* im Galopp auf seinem Pferd herangeprescht und riet uns vielsprachig, vom Fluss weiter abzurücken. Kaum hatten wir unseren Wagen umgestellt, riss schon ein Regenguss die Welt in graue Wasserfetzen. Wir saßen in der Autokabine und starrten entsetzt durch unser geteiltes Schaufenster in den prasselnden Sturm. Der Reiter war verschwunden. Dicke, zuckende Blitzbündel überblendeten das lächerliche Mittelmaß unseres Visiers und krachten wie spritzende, brüchige Säulen senkrecht in den endlos schäumenden Fluss.

Am nächsten Tag war der Himmel heiter. Die Kinder des Königs kamen vom Dorfrand heruntergetrödelt und begutachteten unser Lager ausgiebig. Es schien ihnen zu gefallen und sie blieben bis zum Mittag. Es gab Pfannkuchen mit Zucker und Zitronensaft, für unsere Gäste kein dekadenter Abgrund, sondern ein kulinarisches Spitzenereignis. Dann brachen wir nach Târgu Jiu auf, nach dem Ort, wo Brancusis endlose, hohe Säule seit 1938 den rumänischen Himmel trägt. Die aufsteigende Seele des Giganten ist mit Eisen gepanzert, das rostrot und golden schimmert, wie eine hohle Heldinnenrüstung. Es war dennoch eine sehr männliche Seele, die dort zwischen die weißen Wolken drängte. Wir mussten an die Fotos denken, die wir am Morgen von den Kindern am Fluss gemacht hatten. Die Geschwister hatten sehr deutlich eine Pose eingenommen, als sie auf das Klicken des Kameraverschlusses warteten: Der Junge ließ lässig ein langes Messer in der Hand baumeln, das Mädchen hielt behutsam einen kleinen Ball in die Höhe.

Immer fleißig um Assoziationen bemüht, gab ich dem Jungen sogleich den Namen Constantin. Das Mädchen blieb namenlos, solange wir in Rumänien reisten.

Erst Jahre später, während der Beschäftigung mit meinem Dauerbrenner, dem Pantheon, fiel mir das Mädchen wieder ein. Sein Attribut, der Ball, wurde auch sogleich nach Rom verlegt und für das Messer des Jungen brauchte ich dort lediglich vor die Tür zu treten und schon sah ich den schönen Obelisken auf dem Brunnen der Piazza Rotonda, in trefflicher Opposition zu meinem runden Leitbild. Aus der Distanz der Erinnerung betrachtet, hatte das Brunnenensemble, hatten die weichen Bögen der Wasserstrahlen, die seitlich schwellenden Buchten der Becken und der dazwischen auftrumpfende, steife Steinstiel eine gewisse Ähnlichkeit mit den Ritzzeichnungen auf den Toilettentüren meiner alten Knabenschule. Das Pantheon geriet neben dem Kraftfeld solcher Assoziation in ein bildnerisches Repertoire mit weiblichen Brüsten und Schwangerschaftsbäuchen, es kam sogar zu vaginalen Visionen. Ich vermutete sogleich, dass unbewusste sexuelle Motive die eilfertigsten Lieferanten waren, wenn es darum ging, Posen der Kunst würdevoll auszuschmücken. A. bedachte das Paar feinfühliger und fantasievoller. Zwar stellte sie ebenfalls ein römisches Gegenbild vor, ging aber von dem dramatischen Geschichtsbogen aus, der Rom mit Rumänien verbindet. Beide Motive, sagte sie, das Messer und der Ball, fänden sich in der Triumphsäule des Traian wieder. Das Messer, klar, das spiegele das Schwert, den Krieg, die Niederwerfung der Daker und natürlich das phallische Symbol einer Siegessäule. Um aber die weiche, runde und bewahrende Form des Balls anzuschmiegen, müsse man zunächst dessen spielerisches Potenzial nutzen. Ein Ball springt hoch und fällt herunter. Man müsse am Fuß der Säule mit der aufsteigenden Reliefzeile des römischen Triumphzugs beginnen: hier wird erzählt, wie aus dem Nichts das erste Basislager an der Donau entsteht, dann eine Festung, dann eine Bastion. Immer mehr Kriegsgerät wird herangeschafft und aufgehäuft. Mit dem ansteigenden Erfolg Traians setzt der Niedergang der Daker ein, ihre Unterwerfung und Versklavung.

KORREKTUR DER TRAJANISCHEN ZUR SÄULE DER DAKER

A. zeigte mir, dass sich das Relief, an der Spitze der Säule angekommen, für die Daker bereits umgekehrt hatte. Es lief auf einen Nullpunkt zu und löste sich im Nichts auf: Erst grasten noch die fetten Kühe des Bauernvolkes, dann zogen Schafe über das Land, und am Ende fraßen ein paar Ziegen das wenige, das noch übrig war. Man muss sich die Säule

als einen Halbbogen vorstellen, sagte A., man muss die gepanzerte Seele zu einem Tor biegen, durch das die Römer gemeinsam mit den Dakern gehen. Das wäre dann die runde, weibliche Gestalt der Traianssäule. In Târgu Jiu, gegenüber der Säule Brancusis, befände sich auch *Das Tor des Kusses*.

Paradiestür

Ich verbrachte einige Tage auf Elba. Dort lernte ich einen Hund kennen. Er kam an meinen Tisch, als ich zu Mittag aß. Er war mittelgroß, mit glattem Haar und vollständig weiß. Nur die Ohren waren braun, und auf seiner Kruppe saß ein nussgroßer Fleck. Die Milchzähne waren spitz und über seine Kehle verlief eine gut verheilte Narbe. Er war sehr charmant. Obwohl ich zunächst zurückhaltend war, teilte ich ihm bald ausgesuchte Bissen zu. Als ich vom Tisch aufstand, folgte er mir. Bald hatte er einen Namen. Er hieß Sammi.

Wenn ich sage, dass er mir folgte, bedeutete das nicht, dass ich ihn jederzeit sehen konnte. Oft wusste ich nicht, wo er gerade war, und manchmal glaubte ich, er ginge wieder seine eigenen Wege, aber dann sah ich ihn doch wieder neben mir herlaufen. Das machte mich schließlich ärgerlich. Entweder – oder, dachte ich, ich habe keine Lust, mich mit Beziehungsgefühlen zu befassen, und der da ist völlig unbekümmert! Direkt vor der Abreise von der Insel stellte ich den Hund auf die Probe. Ich übernachtete in meinem Bulli auf der Pier des Fährhafens, um morgens das erste Fährschiff zu nehmen. Ich hatte die Seitentür des Busses offen stehen, wie in allen lauen Nächten, und der Hund war nur mit einem sehr dünnen Zwirnfaden angeleint. Sollte er in der Frühe irgendwo im Hafen unterwegs sein, bei den alten Netzen oder bei den offenen Abfall-Containern, dann wollte ich ohne ihn losfahren, egal, was dann aus ihm werden würde. Es hieß, dass in jedem Frühjahr die streunenden Hunde vergiftet würden, und es war März. Am nächsten Tag war der Zwirn durchgerissen, und Sammi lag auf dem Beifahrersitz und schlief. Wir verließen Elba und waren drei Tage später in Rom.

Mit dem Hund durch die große Stadt zu laufen, eine Leine kam nicht mehr in Frage, verlangte meine ganze Zuverlässigkeit und seine ganze Disziplin. Zwar sind Italiens Autofahrer reaktionsschnell und tolerant, allerdings nur, was die Ereignisse in ihrem unmittelbaren Gesichtsfeld betrifft, also eindeutig vor ihnen liegt. Deshalb musste Sammi sich daran gewöhnen, sofort aufzuschließen, sobald ich eine Straße überquerte. Von dem ungewohnten Durcheinander der vielen Menschen, von den Autos und Motorrollern etwas irritiert, war er vollständig auf mich fixiert, und bald durchkreuzten wir die Stadt in traumtänzerischer Sorglosigkeit.

Viel größer war das Problem des ruhenden Verkehrs. In den Wartezeiten, die für Sammi notwendigerweise entstanden, wenn ich in irgendein Gebäude oder an einen Ort ging, der ihm verschlossen war, musste er sich alleine die Zeit vertreiben. Dabei sollte er die Stelle unserer Trennung im Auge behalten. Das war neu für ihn. Er musste etwas akzeptieren, das außerhalb seiner Welt unsichtbar und geruchlos existierte, das ihn dennoch betraf. Er musste etwas wissen, ohne es zu verstehen. Ein guter Ort in Rom, um derartig komplizierte Gewissheiten einzuüben, war das Pantheon. In jenem Jahr, 1975, wollten nur wenige Menschen die graue, ein wenig düstere Rotunde besuchen, und das Gewölbe war oft menschenleer. Auch die Vorhalle war wenig belebt, und die hohen Tafeln der nur mannweit geöffneten Bronzetür schieden deutlich zwei ausgesuchte Welten voneinander. Die Vorhalle gehörte dem Hund, mich verschluckte der Öffnungsspalt des Innenraums. Mit mir kam ein Lichtstrahl in das Haus, in dem ich mich sehen lassen konnte, denn Sammi war in der Mitte der Portikus sitzen geblieben, reckte den Hals vor wie ein wartender Geier und versuchte, mit pendelndem Kopf diesen Lichtstrahl in der Dunkelheit auf mich zu lenken. Sobald er mich erblickte, hob er den Kopf ein wenig, und wenn ich im Dämmerlicht seitlich wieder verschwand, setzte der schmale, pendelnde Suchscheinwerfer wieder ein. Er saß so, dass er mich sah, sobald ich ihn sah. Das schien mir nur fair, und so durchmischte sich für uns beide allmählich die sichtliche Bestätigung mit dem angenommenen Glauben an unsere beiderseitige Existenz, und nach einigen weiteren Proben belastete sich keiner mehr mit Ungewissheit. Ich habe Sammi dann immer dort erwartet, wo ich ihn das letzte Mal gesehen hatte, und wir trafen uns unweigerlich. Etwas Geduld war hilfreich.

Der Lichtstrahl in das Pantheon hat sich in mein Bildgedächtnis eingebrannt. Er trägt dort das etwas umständliche Rubrikkürzel »Osmotische Nabelschnur aus Licht«. Ich verbinde damit die Vorstellung, dass mit dem Auftauchen einer neuen Erkenntnis im gebündelten Licht zusätzliche Aufmerksamkeit auf das im Abglanz oder Dämmern befindliche Umfeld gelenkt werden könnte und sich dadurch neben Neuem Neues generiert. Selbst wenn dabei nur eine Ahnung entstehen mag, so ist eine offene Sphäre hoffnungsvoller Langsamkeit sicherlich sinnvoller als eine blitzschnelle, punktuelle Verblendung.

Als wir einmal nach Florenz kamen, stand ich mit Sammi vor den verschlossenen Türen der Santa Maria del Carmine am anderen Arnoufer. Kein Hoffnungsschimmer fiel durch die Pforte der ersehnten Brancacci-Kapelle. Italienische Aufsichtsbeamte sind unüberwindliche Bollwerke und ihre grausamste Waffe ist ein stummer Blick in die Ferne. Umfangreiche Restaurierungsarbeiten an den Fresken der Kapelle waren noch nicht abgeschlossen, und so blieb mir nichts anderes übrig, als zwei Tage lang auf dem großen Platz vor der Kirche herumzulungern und die spezifischen Interessen meines Hundes zu beobachten, bis ich schließlich Dottoressa Ornella Casazza treffen durfte, um ihr ins Innere der Kirche zu folgen. Hier geriet ich direkt in ein Kreuzfeuer gewaltiger Lichtbündel. Zwischen den Metallstrahlen aufblitzender Gerüststangen im gleißenden Licht der Baustrahler leuchtete Masaccios Fresko *Vertreibung aus dem Paradies*: An seinem linken Bildrand steht der mit Zinnen bewehrte

Bogen der Paradiestür. Adam und Eva werden durch das Schwert und das kompromisslose Handzeichen des ernsten Erzengels auf direktem Wege ausgewiesen. Nur nacheinander können sie den Paradiesgarten durch die schmale Pforte verlassen. Adam geht als Zweiter, sein rechter Fuß hat sich gerade erst von der göttlichen Schwelle gelöst, Eva, schon das Jammertal der öden Erde betretend, nimmt seine Bewegung fortschreitend auf. Die nackten Gestalten werfen Schatten zurück, so entblößend und frontal trifft sie das helle Licht der physischen Welt, als wäre es auch das wirkliche Licht, das mittags durch das Fenster der Kapelle fällt. Ihr Schmerz wird schonungslos ausgeleuchtet und, als sei er noch nicht groß genug, es spritzt ein Lichtstrahl, handgreiflich wie ein Bündel Pfeile, gegen ihren Rücken und stößt sie mit goldenen, göttlichen Lichtstangen in ihre verfluchte, verzweifelte Erkenntnis. Nichts Verbindliches, wie im Hunde-Pantheon, haben diese zweierlei Lichtstrahlen, sie führen

nirgendwohin, denn sie heben einander auf, prallen aufeinander und machen die Schnittstelle zwischen hier und dort endgültig. Die scholastische Weltanschauung wird radikal von der Neuzeit geschieden. Auch die Welt, in der sich Adam und Eva jetzt befinden, erscheint ihnen nicht einhellig, denn Eva bedeckt ihren nackten Körper, Adam schlägt die Hände vor sein Gesicht. Auf ewig getrennt sollen sie ihr Leben teilen.

Dabei hatte doch alles so gut begonnen, als zum ersten Mal zwei Kräfte aufeinanderprallten, um Unvereinbares zu vereinen, um aus Körper und Geist ein Ganzes zu bilden! So sah Michelangelo die Erschaffung des Menschen in der Sixtinischen Kapelle: Gott ist eingebettet in ein gewaltiges, stoffliches Gehirn, er ist mehr ein Gedanke, umgeben vom weißen Nichts des Lichts, stößt aber aus der geistigen Sphäre heraus nach dem Körper der soeben geschaffenen Erde, von der sich Adam ihm nur matt entgegenhebt. Aus dem Brennpunkt der winzigen Leerstelle zwischen den Fingern dieser beiden unterschiedlichen Zustände, aus dem komprimierten Raum zwischen Geist und Materie, entsteht ein neues, einheitliches Wesen.

Noch einmal zurück ins Pantheon, zurück in diesen Götterapfel, um noch einmal zu versuchen, wenigstens einen kleinen Blick zurückzuwerfen, auf das verloren gegangene Paradies. Ich vergesse die vertikale Lichtbrücke zu meinem Hund und schaue nur noch hoch, in das zweite, das andere Licht, das durch die Öffnung der Kuppel fällt. Hierzu muss ich den Kopf heben, bis die Biegung der Halswirbel gespannt ist, bis das zusätzliche Scharnier der Kiefermuskulatur die vollen 90° dieser neuen Perspektive eingestellt und auch meinen Mund geöffnet hat. Körperlich und geistig entsteht so ein angemessener, etwas dümmlicher Ausdruck.

Ich sah diesen hingebungsvollen Ausdruck in der Kirche S. Maria della Vittoria wieder, im Gesicht der Verzückung der Hl. Theresa von Avila. Gian Lorenzo Bernini hat seine

Skulptur den harten Goldstrahlen einer von oben hereinbrechenden Vision ausgesetzt, deren geistige Kraft die Mystikerin körperlich schüttelt und durchzuckt, Inneres nach außen wendet, gleichzeitig ihren Körper unter dem elektrisierten Gewand erschlaffen lässt. Wie klein ist, diesem Ereignis gegenüber, der Pfeil der irdischen Liebe, den ihr schöner Bei-Engel lichtleicht in der Hand hält und der allein schon stark genug ist, uns alle Erdentage lang mit seinem Bannstrahl zu durchdringen!

Perlenohrring

•

Sie ist total genervt. Auch das Handy musste sie abgeben, in einer beschrifteten Tüte, wie für die Asservatenkammer. Es ist jetzt 8:30, Beginn der Schriftlichen Abiturprüfung. Vor ihr liegen zwei verschiedene Themen, und sie hat keine Ahnung, für welches sie sich entscheiden soll. Was für eine alberne Veranstaltung.

Lächerlicher Leistungskurs. Gymnasium, Oberstufe, Fach Bildende Kunst, hier sammeln sich die Oberkreativen, die Geistesmenschen, Schöngeister im alleroberstsen oberen Stockwerk der Schule. Man braucht viel Licht für die Kunst. Kultur ist ja abonniert auf Licht. Im Licht treffen sich die Helden, diese drei supergenialen Jungs mit den langen Haaren, nein, mit ganz kurzen Haaren, oder mit Haaren, die über die Augen fallen, drum herum viele fleißige, eifrige Mädchen. Die bringen ihre eigenen Tuschpinsel mit, echt Marderhaar, und kommen schon vor dem Unterricht in den Klassenraum, sind richtig gut gelaunt, weil die Kunst ja so was von schön ist, und überhaupt. Und der Lehrer ist absolut locker drauf und total unkonventionell und auch immer schon da, allüberall und fesch, in seinem Reich der Sinne.

Das letzte Schulsemester vor dem Abitur war dann wirklich das Allerletzte gewesen. Sie wollte schon gar nicht mehr hingehen, kam oft zu spät und langweilte sich dann doch nur. Mathe wäre spannender gewesen, Erdkunde. Dabei hatte sie sich anfangs auf Kunst gefreut, hatte echt geglaubt, dass da die Post abgeht, Freiheit, ja, Wildheit! Sie hatte davon geträumt zu experimentieren, auszuprobieren, Grenzen zu überschreiten, wollte Neues, Anderes, Ihres. Ihr selbst sollte was passieren. Jetzt durfte sie im Frühjahr Sträuße bunter Blumen tuschen und winters dunkle Bäume im Schnee ins Linoleum ritzen, obwohl es draußen 14° Plus hatte. (»Immer schön von der zweiten Hand weg schneiden,

Mädels!«) Kerzen sollten die Zeit symbolisieren, ein Schädel den Tod, ein Gebirge war wilde Natur oder gleich gottgleich. Angesichts Manets Frühstück im Grünen war ihr Kunsterzieher vollends aus dem Häuschen geraten. Ein echter Frauenversteher war er jetzt, in seinen engen Lederhosen, wie er da auf ihrem Schreibtisch hockte und von »intellektueller Anarchie« und »Schlag ins Gesicht der Bürgerlichkeit« redete. Am liebsten hätte er die Szene in aller Nacktheit nachstellen lassen, aber leider dürfe er das ja nicht. Dann ging's auf Exkursion ins Museum, und man musste über die revolutionären Tollheiten von Jonathan Meese staunen, der nun der Allergrößte war. Meine Güte, sie war restlos enttäuscht von »Kunst« und dieser flach dilettierenden Tiefgründigkeit und hatte in ihr Heft geschrieben »Kunst ist der Zuckerguss auf der Scheiße der Gesellschaft« und sich seitdem auf keine Klausur mehr vorbereitet. Jetzt sitzt sie also da und soll sich entscheiden, ob sie lieber aus Ton eine expressive

Figur à la Josefine Baker kneten soll, die wahlweise das Gefühl der Trauer oder des Glücks in einen körperlichen Ausdruck transkribiert, oder ob sie sich, anstelle dessen, eher mit der Analyse und Interpretation eines Bildes von Jan Vermeer befassen will.

Das Mädchen mit d. P.

Sie wählt den Umschlag mit Vermeer. Und als sie die vielen Aufgabenformulierungsseiten und Erwartungshorizonte beiseite gelegt hat und endlich auf Vermeers Bild stößt, als das Mädchen mit dem Perlenohrring sie augenblicklich ansieht und sie dieses Mädchen augenblicklich ansieht, da beginnt sie zu schreiben, ohne noch einen einzigen Gedanken an den endlosen Vortext zu verschwenden, weshalb man ihr später auch einige Notenpunkte abzieht, für ihre Leistung jedoch, inhaltlich und aufgrund des innovativen und sehr persönlichen Ansatzes, sehr lobende Worte finden wird.

Das Mädchen mit dem Perlenohrring hat sich zu ihr gewendet und sie angesprochen, hat ein paar schnelle, vertraute Worte zu ihr gesagt. Das Mädchen schaut sie jetzt noch immer an, als würde sie sich selbst anschauen, in einem Spiegel, in dem sie sich ihrer selbst vergewissert, kurz bevor man geht. Das hat sie sofort verstanden, sie hat gleich gewusst, wovon gesprochen wurde. Man kann das nicht direkt in Worten wiedergeben, womöglich hat das Mädchen ja auch Holländisch gesprochen oder eine andere Sprache, und jetzt ist auch alles schon gesagt. Nur der Mund des Mädchens steht noch ein wenig offen. Er glänzt.

Er glänzt, wie ihre Augen glänzen, er glänzt, wie die Perle am Ohr glänzt, voller Tiefe und mit einem warmen, geheimnisvollen Schimmer. Für sie gibt es natürlich kein Geheimnis, sie kann ja sehen, was das Mädchen gesagt hat. Das Mädchen ist wie sie, berührt sie, ist die Schwester, die Freundin, mit der sie sich glänzend versteht. Einfache, klare Gedanken, so schön wie das kleine, runde Gesicht oder so schön wie das große, blaue Universum darüber. Die beiden Mädchen denken sich direkt zueinander hin. Alles und nichts. Es geht um etwas Schönes. Es geht um etwas, dem man nachlauscht, um etwas, das nicht wirklich ist, das aber trotzdem wahr ist. Im tiefsten Dunkel, zwischen all den herrlichen, verführerischen Farben, Ultramarin, Gelb, Rot und Ocker, verdichtet sich eine körperlose Materie von exotischer Herkunft. Es ist nicht nur die lauschende Perle, auch die anderen Dinge, die Ideen, der Moment und die Dauer, die Gewissheit, das Mädchen und auch sie selbst: Alles wird zu einem zitternden, kostbaren

Reflex auf der schimmernden Kugel.

Quellenangabe

DIENSTAG, 3. 6.

N Nach jahrelangen Verhandlungen
n sich die Finanzminister der Euro-

WAHL Dieter Althaus ist der neue Ministerpräsident von Thüringen. Im Landtag bekommt er 47 von 83 Stimmen.

sem Sommer nach

ttmatter

m Paradies? Ist ei-
zu finden. Folge
zu ihren Ursprün-
gt die Bibel. „Und
n Garten in Eden,
setzte den Men-
iere also den Eu-
seinem Quellfluss
nn die Hochebene
ten Osten der Tür-
e findest, aus wel-
speist. Schließlich
:lang die Dumlu-

Reichtum

Quelle

an Heuhaufen so
grasende Yaks, an
ugierigen Ziegen
ds herab beäugen-
rf am Spiegelfel-
och ein Ritt von
g Minuten, und du
ackten Hügeln ei-
und Türkis, ein
e von göttlichem
Wind Schlieren
en ihn Aygir, den
e anderen schlicht
t": Hier, fast 2800
r, liegt einer der
n Stromes.

Wenn ein Text geschrieben ist, und er soll von Bedeutung sein, müssen Quellen genannt werden. Diese Quellen können natürlich keine alltäglichen Erfahrungen sein, keine Beobachtungen, keine Bilder, Sachen oder Dinge. Es sind auch keine Brunnen, in die man hineinfallen könnte, auch keine Bäder, in denen man sich lustvoll suhlt, nein, es sind heilige Quellen, hervorbringende Texte vorausgegangener Autoren, welche wiederum eigene und ebenfalls bedeutende Quellen benutzt haben. Ich kann mich also nicht auf eine Quelle berufen, die z. B. heißt: Donnerstagvormittag zwischen 10: 25 und 11:02 Uhr, am 8. März 2001, alleine und auf Höhe der St. Pauli-Landungsbrücken, sondern ich sollte wenigstens den Bauplan des Elbtunnels dabeihaben. Es soll für eine Kanalisation spiritueller Bewässerung gesorgt werden, nicht für uferlose Überschwemmungen.

Ich möchte aber, in Zusammenhang meines speziellen Themas, darauf hinweisen, dass sich die Vertrauen erweckende Wirkung veröffentlichter Texte, die Ursache ihrer Unumstößlichkeit und Präzision, auf eine Quelle gründet, die das Pantheon selbst betrifft.
 Die gleichen Steinmetze, die an der Aufführung dieses Bauwerks beteiligt waren, hatten gerade erst den Vater der ganzen Unternehmung, Trajan, eingeäschert unter dem Stylobat der eigenen Siegessäule verwahrt und dort eine Inschrift angebracht. Dieser Text wurde zum ersten Mal in der Geschichte der abendländischen Buchstaben ganz systematisch und nicht mehr freihändig und fließend verfasst. Winkelmaß und Zirkel der Handwerker konstruierten ab jetzt das Alphabet. Mit dem in das Quadrat eingeschriebenen Kreis wurde fortan jedem Textbau etwas Offizielles, Mathematisches und Verlässliches beigegeben, das allen hingehauenen Sprüchen grundsätzlich überlegen war. Ab jetzt konnten geschriebene Worte Gültigkeit für sich in Anspruch

nehmen, waren nicht mehr lose Behauptung, schon gar nicht, wenn sie auf eine genealogische und selbstreferenzielle Projektion verweisen konnten. Die vielfältige Gestalt der einzelnen Buchstaben, zwischen den Extremen des Quadrats und des Kreises, ihre so definierte Qualität und Befugnis, ein geeigneter Vermittler für sämtliche Zwischenstände der allgemeinsten aller Polarisationspunkte zu sein, war jetzt eng mit dem Pantheon verbunden. Die gemeinsame Quelle lag in der Zwischenwelt der Geometrie.

Michelangelo lieferte ein schönes Beispiel zu diesem Gleichaufsein von textlicher und stofflicher Konstruktion. Wenn man in Florenz vor der Treppe zur Biblioteca Laurenziana, Il Ricetto, steht, vergisst man, dass man bis hierher bereits eine Treppe heraufgestiegen war und sich auch schon in einem Gebäude befindet. Man wähnt sich noch unter freiem Himmel, in einem Innenhof, vor dem Sockelgeschoss einer Bibliothek, zu welcher man

jetzt hinaufsteigen muss. Drei Treppenzüge stehen zur Wahl: als Einfassung rechts und links, zwei dem Winkel folgende Stufenläufe, bis zu einem Absatz, der in das letzte Drittel der mittleren Treppe einmündet, die man jetzt mit möglichst viel Schwung nehmen muss, um die Bibliothek gegen den Strom der daraus hervordrängenden Stufen zu erreichen.

Diese ganze mittlere Treppe fließt wie zähe Lava dem Besucher entgegen, mit kleinen seitlichen Wirbeln, die sich am Widerstand der Geländerbalustrade aufreiben. Diese Rolltreppe bewegt sich gegen den Lauf des wissbegierigen Besuchers. Aber vielleicht genießt er es ja, noch eine Weile in der Auflösung des Raums aus Rundungen und Winkeln zu lesen, in den paradoxen Ecken und hinter den zurückweichenden Vorsprüngen zu stöbern, bevor er den wirklichen Lesesaal betritt. Kehrt er endlich von dort zurück, nachdem er ausgiebig am unerschöpflichen Bücherborn des Wissens gezapft hat, sich gelabt, sich erquickt, erfrischt, geläutert und gestärkt hat, dann steht er sicher stolz dort oben, mit einer umfangreichen Quellenangabe in der Hand, und kehrt, leichtfüßig herabgleitend, als ein Bedeutungsträger zurück in die Welt des Faktischen.

Räuber

•

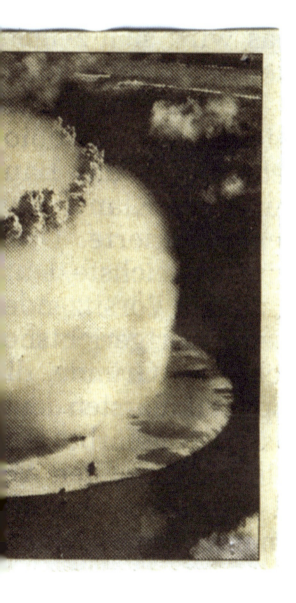

Wenn es möglich gewesen wäre, im Pantheon einen zentralen Kronleuchter aufzuhängen, er wäre entwendet worden. Man hat in den 2000 Jahren, seit denen das standhafte Gebäude Rom verortet, so ziemlich alles daran abmontiert, was nur irgendeinen materiellen Wert hatte und wenn seine Entfernung den Bau nicht gleich zum Einsturz brachte. Zeitweilig fehlten sogar drei der gewaltigen Zwölf-Meter-Monolit-Säulen der Vorhalle. Möglicherweise fehlten sie zwar schon bei der ersten Säulenlieferung aus Ägypten, vermutlich war aber ein Erdbeben im frühen Mittelalter für den Verlust verantwortlich und nicht, wie andere sagen, es sei eine Unachtsamkeit im 14. Jahrhundert gewesen, welche die drei und einen Teil des Tympanon hatte zusammenbrechen lassen. Gewiss ist es nicht, Rom war über so viele Jahre in einem allgemein schlechten Zustand, dass zeitweilig lediglich

30 000 Menschen in der riesigen Stadt lebten. Kaum einer von ihnen hätte die genauen Umstände eines Zwischenfalls am Pantheon aufschreiben können. Bekannt ist, woher die neue, rote Granitsäule stammt, die Urban VIII 1632 an der prominentesten Fehlstelle, in der ersten Reihe, Ecke links, aufrichten ließ, und ebenso der Ursprung der zwei anderen Säulen, die Alexander VII 30 Jahre später ergänzte. Als Quelle sind Thermen genannt: Alexanders Säulen sollen aus der alexandrinischen Therme und Urbans Säule aus der Therme des Nero stammen. Beide Zunamen bezeichnen denselben Ort, der kurz vor der Piazza Navona liegt. Verbürgt ist schließlich auch, dass Urban, gewissermaßen im Gegenzug seiner löblichen Maßnahme, das gesamte Bronzegebälk der Portikus demontieren und einschmelzen ließ, um daraus 80 feine Kanonen für die Engelsburg fertigen zu lassen, ausgerechnet für den Ort, der dem Erbauer des Pantheon, Hadrian, einst als Grablege gedient hatte. Der Unmut der Römer, immer

stolz auf ihre großartigen Baudenkmäler, brachte sogar den antiken Torso des steinernen Pasquino zum Sprechen. Aber allen dort, in einer Tradition des Anprangerns angehefteten anonymen Spottversen auf die Barbaren wusste Urban VIII. Barberini mit der Behauptung zu begegnen, die Bronze wäre in Wahrheit dringend von Lorenzo Bernini benötigt worden, um die schönen, geschraubten Säulen des Baldachines von St. Peter zu gießen. Und so verdreht erzählt man sich das wohl auch heute noch.

Die Plünderungen hatten aber schon viel früher begonnen. Im Jahr 357 versuchte Constantius II noch, als er vom Senat wie ein Tourist durch die Stadt geführt wurde, angesichts der mit rotem Gold überzogenen

Pantheonkuppel die Fassung zu bewahren. Allzu köstlich funkelten und schimmerten die metallenen Ziegelschuppen im Sonnenlicht und überboten den Glanz der eigenen, kaiserlichen Rüstung. Sehr nachdenklich fuhr er zurück nach Konstantinopel. Seine mühsam gezügelte Begierlichkeit gärte rund 300 Jahre. 655 kam schließlich Constans II aus Konstantinopel angereist, mit einem um drei Buchstaben kürzeren Namen als sein Vorgänger und entsprechend schneller im Entschluss. Er, der Bärtige, reagierte sofort, gab den Befehl zur Decollage und ließ das goldene Dach abräumen. Man sollte es nach Konstantinopel schaffen. Die folgende Schiffspassage stand allerdings unter keinem seligen Stern, denn der Schatz fiel nun den sarazenischen Seeräubern in die Hände, auch sie bärtige Männer. Er wurde am Ende der Kaperfahrt sogleich eingeschmolzen und verschwand endgültig aus den Soll-und-Haben-Büchern der Geschichte.

Haben Alerich und die Westgoten 60 Jahre später die Bronzefriese des Giebels demontiert? Haben sich die goldenen Ausschmückungen der kassettierten Kuppelsphäre einfach aufgelöst oder hat es sie nie gegeben? Was geschah mit den Marmorverblendungen der Rotunde? Welches Schicksal trieb die großartigen Standbilder aus dem Tempel? Man spricht nicht viel über Räubereien und Missetaten. Spuren werden verwischt, Zeugen werden beseitigt. Aber das Pantheon steht weiterhin wie unberührt im Moosgrund der Stadt, dauerhaft inmitten der flüchtigen Menschenhäuser eingewachsen, und es erscheint uns noch immer vollkommen und ohne Fehl.

Diese Anmutung der Unversehrtheit wäre der *romanità fascista* Mussolinis beinahe doch noch zum Opfer gefallen. Am 31. 12. 1925 stellte der *Duce* eine Liste auf und befahl, daß binnen 5 Jahren das Capitol, das Marcellustheater, das Augustusmausoleum, das Kolosseum und das Pantheon freigestellt werden sollten. Das hieß, dass alle *unwerten* Bauwerke, die den freien Blick auf die nunmehr ausgeborgten und herausgeputzten Wahrzeichen eines faschistischen Imperialanspruches in irgendeiner Weise hätten beeinträchtigen können, und sei es nur aus Gründen der Schönheit und Hygiene, unverzüglich eingeebnet werden müssten. Für das Pantheon war eine breite Blickschneise vorgesehen, die es, anlässlich schneidiger Paraden über den Corso, schon von der Piazza Colonna aus gänzlich sichtbar machen sollten, als Solitär in der imperialen Kulisse.

Der Flottenbesuch in Libyen und spätestens der Überfall auf Äthiopien, zehn Jahre später, zeigten, wie ernsthaft Mussolini darum bemüht war, die Ideologie des alten Römischen Imperiums durch die Verwendung der entsprechenden Insignien zu beschwören. Hier war er selbst der *Scipione l'Africano*, der das *mare nostrum* herrlich durchkreuzte und der auf dem Capitol, dem *caput mundi*, davon zu berichten wusste. Ihm zu Ehren sollten Triumphmärsche paradieren. Glücklicherweise

Mussolini leistet ganze Arbeit

blieb dem Pantheon diese Jahrmarktnummer und *mare nostrum* = *caelum nostrum*-Beschwörungsschau aber erspart. Zu viel Kraft kostete es die Hilfstruppen der Faschisten, Häuser und Hügel abzutragen und das Terrain vor dem Colosseum, die alten Kaiserforen und das riesige Gelände zwischen Palatin und Capitol plattzumachen, damit sich dort die gewaltigen Aufmärsche über die Via dell Impero, die Via del Trionfi und die Via del Mare im Kreise drehen könnten. Der *Duce* wollte gleich alles auf einem Tablett servieren, aber das ureigentliche Symbol imperialer Macht, die Kugel des Pantheon, der Kaiserapfel, war ihm heruntergerollt und blieb versteckt im Häusermeer des Marsfeld liegen, ausgerechnet auf dem alten Truppenmarsch- und Übungsplatz von Rom.

Auf den Diebstahl durch Putzen und Säubern hinzuweisen war die Absicht zweier Künstler, deren ausführliches Protokoll einer Nacht- und Nebelaktion mir kürzlich zugespielt worden ist. Beabsichtigt war ein nächtlicher Farbanschlag auf die antiken Bronzetore des Pantheon. Ein großes Graffito in Form eines Hakenkreuzes sollte, über beide Torflügel greifend, mit weißer Farbe aufgesprüht werden und so eine Situation der Schändung, des Missbrauchs oder der Vereinnahmung provozieren, die, wie man hoffte und aufgrund ihrer Ungeheuerlichkeit, eine weltweite Diskussion über die Rolle des Faschismus im Rom der 30er Jahre entfachen sollte. Diese Resonanz traute man dem Pantheon, als Denkfigur und unfreiwilligen Träger des Unheils-Symbols, ohne Weiteres zu. Erst recht an einem Weihnachtsmorgen. Man ging sehr sorgfältig zu Werke und kaufte zunächst die notwendige Farbe nahe der eigens für den Staatsbesuch Hitlers erbauten Stazione Roma-Ostiense. Nun begab man sich, das zukünftige Anschlagsziel wie auf einem Zirkelschlag umschleichend, ganz in den Norden, wo sich der kreisrunde Entlüftungs- und Oberlichtkessel einer unterirdischen Großgarage in der Villa Borghese versteckt. Hier sollte das Sprühen des Hakenkreuzes auf der Ringmauer eingeübt werden. Das Sprühen selbst gelang, aber es stellte sich heraus, dass der weiß gefärbte Deckel der Spraydose nicht der Inhaltsfarbe entsprach, welche im erläuternden Aufdruck dann auch als *transparente* beschrieben wurde. Dieser Missgriff auf der Basis sprachlicher Unzulänglichkeiten führte zur ersten Verunsicherung der Aktionisten. Später, gegen 0 Uhr, fand man sich vor dem Pantheon ein, um den Plan dennoch in die Tat umzusetzen, denn man glaubte nunmehr, dass ein transparenter Symbolauftrag auf der zweitausendjährigen Patina durchaus zu sehen sein würde und sogar viel subtiler, geheimnisvoller und damit aufregender zur Geltung und weltweit zur Sprache käme. Bei dem Versuch, eine Fotografie für eine Vorher-Nachher-Dokumentation aufzunehmen, stellte sich heraus, dass die Kälte der Heiligen Nacht die Batterien des Apparats so sehr geschwächt hatte, dass ein notwendiges Blitzlicht nicht mehr ausgelöst werden konnte. Als kurz nach dieser Feststellung auch noch ein vorüberziehendes Wintergewitter einen gewaltigen Blitz in die unwürdige Szene schleuderte und sich von rechts her Betrunkene dem Schauplatz näherten, hielt man die Aktion für endgültig gescheitert und brach jedes weitere Vorhaben ab.

Bagdad, vor einigen Tagen: Amerikanische Soldaten untersuchen die Bombenschäden in einem ehemaligen Regierungsgebäude.

Schnee

Ich war geradezu fixiert. Seit Tagen beobachtete ich das Pantheon, umstrich es mit sorgenvoll lauernder Eifersucht, ob es vielleicht noch einen anderen, möglicherweise leidenschaftlicheren Verehrer gäbe, der diese einzigartige, vollkommene, kraftvolle, aber inhaltsleere Schönheit umwarb.

Magische Orte hatten schon immer ein leichtes Spiel mit mir. Ich neige dazu, mich in ihnen aufzulösen. Als Kind verschluckte mich einmal ein heller, mächtiger Felsbrocken, der nach einem langen Sturz aus dem Gebirge im weichen Hang einer Alm steckengeblieben war und nun entschleunigt und entspannt in ihn einsank. Gleich bei ihm, dem Tal zu, stand eine hochgewachsene Zirbe. Die Lawinen vieler Winter waren an der Masse des Steinklotzes auseinandergespritzt, bis das Bäumchen hinter dem Bollwerk einen festen Halt gefunden hatte. Jetzt stützte sich der Felsen träumend auf die fest verankerten Wurzeln des Baums. Sooft ich konnte, bin ich zu den beiden hinaufgeklettert, habe von dort in die immer gleiche brausende Weite geblickt und die träge Intimität des Ortes in mich eindringen lassen. Es gab keine großen Fragen, nur den fernen Klang von drei Kuhglocken, ein C, ein D und ein cis-Moll. Alles traf hier zusammen.

Jetzt hatte mich ein solcher Ort inmitten einer großen Stadt in seinen Bann gezogen. Es wimmelte von Passanten, Kaffeehausbesuchern, überfüllten Bussen und Mopedfahrern, und in diesem Getöse stand ein Bauwerk von nobler Gelassenheit und venushafter Schönheit. Ich hockte in seinem Schutz, auf den Stufen eines Brunnens, es war etwa acht Uhr eines sehr kalten Januarmorgens, und von der Piazza Venezia her kam pulsierend das Hupen der Autos, die in dem allmorgendlichen Hakenkreuzstau standen, der sich nur langsam auflöste. Lieferanten der umliegenden Bars stoppten kurz, Papierkörbe wurden geleert, Büroangestellte eilten vorbei, dann kam die erste fernöstliche Reisegruppe. Das große Tor zum Pantheon war noch geschlossen und so blieben sie nur kurz stehen und blickten zu den Säulen hinauf und zum Giebel, der aber nichts verriet. So zogen sie in Richtung Piazza Colonna weiter.

Nun erschienen die ersten Bettler und richteten sich ein. Eine ganz in schwarze Tücher gehüllte Frau, ihre gekrümmte Haltung suggerierte hundertjähriges Alter, hockte sich nah an den Fuß eines der hellgrauen Säulenmonolithe, an den fünften von rechts in der vordersten Vorhallenreihe, und arrangierte sorgfältig ein Merian-Bildband-taugliches Motiv. Sie legte nur eine einzelne rote Rose auf ihren Schoß, auf das drapierte schwarze Tuch, und schob mit zarter Mädchenhand den reichlichen Blumenvorrat unter die weiten Falten ihres Rocks.

Dann kam er, ein kleiner, dünner alter Mann, weißes Hemd ohne Kragen, dunkler Anzug, flache, schwarze Filzmütze. In der Hand hielt er einen Bund mit großen Schlüsseln. Er machte sich kurz am Tor des Pantheon zu schaffen und öffnete hörbar das Schloss. Dann drehte er sich um, und ich glaubte, seine Augen blitzten mich kurz und triumphierend an. Er lehnte sich mit dem Rücken gegen den linken Flügel der mehr als sechs Meter hohen, kolossalen, antiken Bronzetür, die wuchtig in ihren Angeln stand. Nichts geschah, der alte Mann lehnte nur ruhig an der großen Tür, und wieder schien sein Blick mich kurz zu streifen, wie um zu prüfen, ob ich sah, was er zwischen seinen mageren Schulterblättern spüren konnte, wie sie vorsichtig gegen die gewaltigen Metallplatten drückten, die sich langsam aus ihrer Schwere lösten, immer leichter wurden und dann sanft nach hinten glitten, bis das Bronzetor einen Meter weit geöffnet war. Jetzt ging er zu der Frau am Eingang der Vorhalle, pflückte eine rote Rose unter ihrem Rock hervor und verschwand dann im Inneren des Gebäudes. Ich habe es nicht mit eigenen Augen gesehen, aber ich möchte wetten, dass er, der Türwächter, jener geheimnisvolle Verehrer ist, der die romantische Unsterblichkeit der ewig frischen Liebe für jeden Tag am Leben hält: mit einer Blume auf Raffaels Grab. Ich beneidete den Mann, aber ich verspürte auch Respekt und wollte mich nicht einmischen. Er alleine begleitete den Tag des Pantheon.

Ich wollte seine Nacht erobern. Nicht lange nach neun Uhr abends verschloss der Wächter das Tor. Also schlüpfte ich um diese verlassene Zeit in die riesige Aula und fand ein Versteck hinter einem grauen Abfallbehälter. Der stand in der ersten Nische, rechts des Eingangs, also in der siebten Kapelle, zwischen Säule und Pilaster, seitlich an die hintere Wand geschoben. Ich setzte mich auf den Boden, um mich herum wurde es ruhig, ich atmete langsamer. Bald verriet mir ein seltsam hallendes Schnappen, dass ich jetzt alleine war.

In der Kapelle, in der ich auf dem Boden hockte, hatte einmal das Taufbecken gestanden, während der 800 Jahre, in denen das Pantheon Pfarrkirche war. Das beruhigte mich. Gerade noch, in den ersten langen Minuten, in dieser kauernden, an die Wand gedrückten Haltung, fühlte ich mich etwas hilflos, wie ungeboren in einer übergroßen Keimzelle, und ich wusste nicht so recht, was ich tun sollte. Ich saß fest. Es musste etwas mit mir passieren! Das Fresko über mir zeigte die Verkündigung, und rechts davon stand der ungläubige Thomas. Es passierte nichts. Alles war bereits passiert. Ein kosmischer Schoß war kein Ort.

Nach einer langen Zeit flüsterte ich mir zu, dass ich aufstehen müsste. Ich erhob mich und ging vorsichtig in den Raum hinein. Ich lief langsame Diagonalen, scharfe Winkel, als folgte ich einer Billardkugel. Von Momenten gelenkt, stieß ich mich vom Plötzlichen ab, zu anderem hin, bekam Spin, fing an zu kreiseln, tanzen, umkreiste die Mitte, die ich mied. Irgendwann setzte ich den Fuß doch dorthin, um den gleichen Punkt zu berühren, den die riesige Schwere meinte, dass die wunderbare Leichte sie berühre, die voluminöse Sphäre des Pantheon. Ich stand nur da, kein Denken war im Raum. Ich stand inmitten perfekter Freiheit. Obwohl der Eingang des architektonischen Raums auf meiner Ebene fest für 12 Stunden verschlossen war und obwohl mich die unsichtbare Sphäre fast körperlich umschloss und obwohl ich bewegungslos auf einem abgezirkelten Punkt stand, hatte ich dieses Gefühl, uneingeschränkt zu sein. Mein Körper war jetzt mehr eine Skulptur als ein Nervenbündel. In einem totalen Raum war alles miteinander verbunden, und die Luft spannte das feine Gefüge seiner Dimension. Mein Atem berührte die große Öffnung im Zenit der Kuppel. Ich wuchs, ohne mich von der Stelle zu rühren. Nüchtern kreuzte ein blinkendes Flugzeug das bloße Auge, und nachdem es verschwunden war, füllte sich das Gewölbe mit einem schwellenden Ton, der langsam verrauschte. Ich setzte mich wieder hin. Der Kosmos drehte sich um einen

Punkt. Oder um Punkte. Als es dämmerte, fing es an zu schneien. Der Schnee wirbelte in die offene Kuppel des Pantheon hinein und in der Windstille der Kugel beruhigten sich die Flocken und fielen sachte und lotrecht herab. Der unendliche Raum des Himmels konzentrierte sich in der Mitte des polierten Marmor-Plans als eine makellose, milchige und kreisrunde Scheibe aus Schnee.

Dieser Schnee fällt nun seit über 30 Jahren in meinem Kopf, in meiner Erinnerung. Jetzt entdecke ich in Wien eine Schneekugeln-Manufaktur, die legendäre Werkstatt des Erwin Perzy III. Seine mundgeblasenen Glaskugeln sind mit einem geheimen, im Jahre 1900 von Perzy I patentierten Schnee-Granulat gefüllt, das besonders langsam und sehr ausdauernd fällt und das der Illusion eine ihr gebührende Zeit der Jungfräulichkeit schenkt, so wie der Schnee es in meiner schwärmerischen Pantheon-Nacht tat. Ich hatte damals wirklich in einer wahnsinnig dimensionierten

Schneekugel gesessen, ähnlich dämlich wie jetzt ein kleines Bambi oder Rotkäppchen in der Wiener Glaskugel. Ich schaute wieder auf mich selbst herab, im Weltschnee hockend, als hätte meine damalige Umhüllung keine begrenzte Gültigkeit und als gäbe es kein Tauwetter. Die kitschige Naivität der Souvenirkugeln aus Wien bestärkte mich sogar. Die Hermetik ihres Anspruchs war perfekt, egal was sich darinnen befand. Ich beauftragte Herrn Perzy mit der Anfertigung einer Wiener Kugel, in der nichts weiter eingeschlossen sein sollte als wirbelnder, in eine Sphäre fallender Schnee.

Das faszinierende am Schnee ist, dass er die verschiedenen Dimensionen vereint. Man schaut ihn von außen an und ist in ihm. Kaum ist man sicher, der Schnee läge als eine Fläche ausgebreitet, versinkt man schon in seiner Tiefe. Schnee ist mit der ihm eigentümlichen Leichtigkeit eine Wolke, ein Flockenstern, ein Zeitraum. Seine Neigung, plötzlich zu verschwinden oder Dinge zu überdecken, ist verwirrend und steigert die Aufmerksamkeit. Nur dem Schneefall, hin und wieder der Kunst und zuweilen den Kindern gelingt es, ohne sperrige Eckdaten auszukommen und immerzu übergangslos und neu zu sein.

1992, auf der Documenta IX, war der *Descent into Limbo* von Anish Kapoor zu sehen. Eine schmale Tür führte in einen würfelförmigen Baukörper aus Beton. Die scheinbar

geschlossene Decke des gleichmäßigen, quadratischen Innenraums war in Wirklichkeit eine raffinierte Lichtschleuse, die kein zentrales, sondern nur indirektes, über die Wände reflektiertes Licht einfallen ließ. Auf dem Boden, in der Mitte des Raums, war eine kreisrunde schwarze Scheibe zu sehen. Oder war es gar keine Scheibe? War es ein Loch? Befand sich unter dem Boden ein runder schwarzen Raum? Warum sah man keinen Rand, keine Wände? Nein, es war doch eine Scheibe, vielleicht lichtschluckender Ruß. Es war ein Loch!

Nur nacheinander, voneinander getrennt, war das Erkennen des immer jeweils anderen möglich und glich doch eher einer Frage: Scheibe oder Volumen oder Scheibe oder Volumen oder Fläche oder Raum. Fläche oder Raum, Stillstand oder Zeitlauf. So muss es Wittgenstein mit dem Hasen, mit der Ente ergangen sein, er konnte sich auch nicht recht entscheiden. Ein kleines, etwa 12-jähriges Mädchen machte ein paar schnelle Schritte nach vorn. In der Hand hielt es einen spindelförmigen, bunt bemalten, aufgespulten Holzkreisel. Das eine Ende der Schnur war mit einem Wirbel am Kreisel befestigt, das andere mit einer Schlaufe am Daumen des Mädchens. Noch ehe der matte Aufseher einschreiten konnte, hatte das Mädchen den Kreisel mitten in das schwarze Nichts hineingeschleudert, und er wirbelte, jenseits der dunklen Fläche, mit einem leisen Summen, im bodenlosen Kosmos und drehte sich ganz schnell, um stillzustehen.

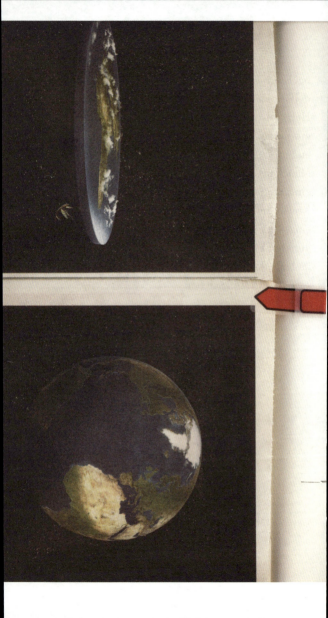

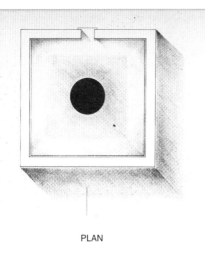

PLAN

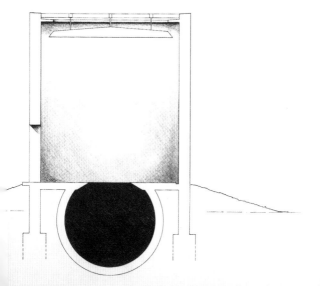

Seifenblasen

•

Als im Spätsommer 2006 das Bode-Museum in Berlin wiedereröffnet wurde, ist der Kuppelbau über dem Spreewinkel, zwischen den schönen, geschwungenen Brückenbögen, das zentrale und imposante Bildmotiv aller Tagesmedien. Unter der Schirmherrschaft dieser prallen, neobarocken Kuppel und in der Geborgenheit der gespreizten Schenkel des Baukörpers konnte sich der Betrachter die prächtigsten Schatz- und Kunstkammern, die Versammlung aller Kostbarkeiten besonders gut vorstellen. Entsprechend lang war die Menschenschlange, die vor dem Großen Kurfürsten mit den Hufen scharrte. Meine Ehefrau und ich standen schon ziemlich weit vorne, und das heitere Wetter, der sorglose

Platz auf der Insel, die freundlichen Brücken, die emsigen Ausflugsboote ließen die Zeit fröhlich fließen und unsere Vorfreude wachsen.

Der Eintritt galt einmal nicht der Kuppel, weder der großen noch der kleinen des hinteren Treppenhauses, sondern war als ein absichtsloses Sonntagsvergnügen gedacht, mit der Chance auf überraschende Trouvaillen. Wie aber konnte unser von den vielen Kugeldemonstrationen des Pantheon nachhaltig infizierter Blick vorbehaltlos schweifen, wenn das geschnitzte Haupt Johannes des Täufers, das in einer flachen Schüssel lag, sofort für eine optische Überblendung mit dem Vorbild sorgte? Und etwas weiter wartete schon Fortuna und balancierte tänzelnd auf ihrer wunderschönen Kugel. Die Wiederholungen der Kugelgestalt in den Ausformungen ihres nackten Körpers waren offensichtlich. Von den Füßen bis zum Kopf rollte alles voran. Dann traf man auf die lebensgroße Figur des auferstandenen Christus. Es war eine Doppelfigur:

Die Rückenansicht der Plastik war schon wieder ihre frontale Ansicht, und die flache Membranscheibe des Heiligenscheins um das Haupt des Erlösers eine spiegelnde Achse. Umkreiste man die Skulptur mehrmals, stellte man fest, dass man sich auch um eine Zeitachse drehte. Die zwei Halbfiguren waren durch ein einziges, winziges Detail voneinander unterschieden. Während zunächst die Hand Christi leicht über der Lanzenwunde in seiner Seite zu schweben schien, hatte er, nachdem man ungläubig die Figur umschritten hatte, den Daumen seiner rechten Hand in diese Wunde eingehakt. Wie durch die Verschmelzung der ungleichen Halbsphären des Pantheon wurde das Motiv des Deutens und des Handelns vereint.

Dieses merkwürdige Doppel-Bild verließ uns jetzt nicht mehr, auch wenn ein Tondo von Andrea della Robbia, Donatellos Madonna Pazzi und noch so viel Rundheit unseren Weg tangierte. Wir waren deshalb schon etwas erschöpft, als wir, ganz hinten in den obersten

Räumen, die kleine Elfenbeinschnitzerei aus dem Kreis des Raimund Faltz und Balthasar Permoser fanden. Die Inventarnummer 7807: *Atlas trägt das Himmelsgewölbe, Berlin, spätes 17. Jh. H. 35,5 cm.*

Auf den ersten Blick trägt Atlas ein blickendes Auge, einen Augapfel. Mit heller Pupille schaut uns die Skulptur geradewegs an, Blickkontakt zieht uns in den Bann der kleinen Komposition. Dass der Elfenbeinschnitzer sein Kunstvermögen bis ins Unendliche steigern wollte, dass er Wunder schnitzen wollte, ist nicht zu übersehen. Unzählige und genau ausgebildete Details sind auf kleinstem Raum versammelt, und eine luxuriöse Vielfalt wird üppig in Szene gesetzt. Die Arbeit ist die verblüffende und vollständige Umkehrung dessen, was die meisten großvolumigen Kunstwerke so eindrücklich verfolgen, nämlich puristische Formen vorzustellen, schiere Größe ohne Punkt und Komma wirken zu lassen, mit gewaltiger Klarheit schlicht und

einfach zu überzeugen. Diese kleine Skulptur kann dem Blick keinen Abstand bieten, aber sie lockt ihn immer mehr in sich hinein, wird kleiner und kleiner, bis ihre unglaubliche Winzigkeit mit unglaublicher Größe gleichzusetzen ist.

Dass Modelleisenbahner und Streichholzkonstrukteure gerne das in der Wirklichkeit sehr Große zitieren, dass in ihren Modellen Eiffeltürme und Matterhorne aufragen, wird gewiss ihr Publikum immer wieder in Staunen versetzen und faszinieren, muss aber eher einem großen Neidkomplex der kleinen Bastler geschuldet werden und hat nichts mit der eigentlichen Größe dieser Nummer 7807 zu tun. Auch nicht damit, dass Atlas hier seinen Auftritt hat:

Von Atlas Schultern, wo die Last des Himmelsgewölbes seinen Nacken beugt, fällt ein schweres Tuch, vom eigenen Gewicht gestreckt, fast senkrecht herab. Wie ein nasses Bündel drückt es, in einer gedrehten Falte doppelt aufgepackt, das vorgesetzte Bein des

Mannes noch fester auf den Boden. Dort wachsen Pilze, unverrückbar in die Erde geflochten. Ihre Stempel tragen schwere Kappen, Kuppen, Kuppeln. Es erscheint ausgeschlossen, dass Atlas, der wie ein olympischer Gewichtheber mit ausgestellten Beinsäulen gerade festen Stand gefunden hat, auch nur einen Schritt nach vorne machen könnte. Seine Last presst ihn in die Statik. Dann öffnet sich die Himmelskugel über ihm, und darin hockt vergnügt und gänzlich unbeschwert ein kleiner Knabe. Er dürfte nicht allzu schwer sein. Auch die Schalen der Sphäre, die gewaltige Dimensionen umschließen, sind nur eine kleine schützende Höhle, sie bilden die intime Sphäre eines Kinderspiels, sie geben dem entzückenden Moment Raum, in dem ein Kind sich in den Anblick von Seifenblasen vertieft. Die Schlieren der Lauge, auf den zarten, empfindlichen Membranen der schwerelos schwebenden Hüllen irisieren wie die fernen Sternnebel der Galaxien. Die Größenverhältnisse dieses Augenblicks sind unermesslich.

Wie durch die jungen, zarten Lichtvisionen auf den alten Mauern des dunklen Pantheon werden die Dimensionen von Zeit und Raum, von Körper und Geist durcheinandergewirbelt und öffnen dem staunenden Betrachter für einen einzigen Moment die harmonische Allgegenwart eines Glücksgefühls.

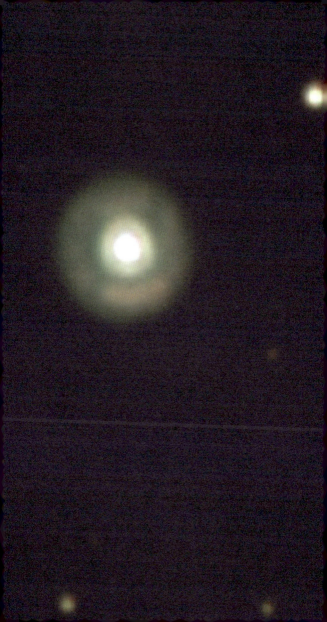

Sybille

Aus Berlin erhielt ich eine E-Mail von Mia G. Ich hatte ihr gegenüber geklagt, zu viele Ansichten des Pantheon stünden noch in den Sternen. Sie wollte mich aufmuntern.

Zu Deinem Thema ist mir ein kleiner Film eingefallen. Der Film, nein, die Filmreihe heißt Sybille. Ich glaube, die Römer verehren solche Frauen und schätzen ihre Weissagungen. Wenn Sybille jeden Abend zum Sendeschluss (nach der Hymne!) laufen würde, das wäre mystisch.

Sybille ist eine mechanische Katze, absolut künstlich, aber trotzdem sieht sie aus wie vom Leben zerzaust. Es ist eine römische Katze, sie ist nachtschwarz, hat nur ein Ohr, das steil aufgestellt ist und immer lauscht, und sie hat nur ein Auge, das elektrisch glimmen oder leuchten kann. Das andere Auge ist blind und milchig. Darüber steht eine felllose Narbe. Der Vorspann: Sybille sitzt vor dunklem Hin-

tergrund, maunzt heiser, dann steigt von unten dampfiger Rauch auf, und sie fängt an zu sprechen. Sie hat eine brüchige Frauenstimme ... der Rauch wird stärker und langsam verschwindet die Katze (als Letztes sieht man vielleicht noch eine Art Grinsen, wie bei Carrolls »Alice im Wunderland«.) Ihre Sprache bleibt, sie erzählt. Der wabernde Nebel wird jetzt zu ziehenden Wolken, und dann öffnet sich ein klarer Sternenhimmel. Die Kamera zieht ein bisschen weiter auf, und man sieht, dass die eigentliche Kamera das Auge des Pantheon ist, die Sternenbilder dieser Nacht ziehen im Zeitraffer vorüber. Das ist ganz dokumentarisch, kalendarisch. Die Erzählung der Katze ist Fiktion, als läge sie in der Zukunft. Dennoch ist es eine echte, römische Geschichte, etwas Tatsächliches oder Angebliches aus der Stadt, privates Schicksal mit lokalem Kolorit. Von einer Bettlerin oder einer Principessa wird erzählt oder von einem Kellner, von einem Notar, einer Angestellten, von den Goldfischen, den Neujahrsfischen, die in Plastiktüten an den Marktbuden hängen usw. Merkwürdige Nachtgeschichten eben, Radio plus Firmament, klein, individuell, mächtig, allgemein. Die Geschichten sind alle unlogisch und voller Rätsel, es sind Reportagen der Verwirrung. Alles scheint auf etwas gerichtet zu sein, muss erst noch passieren, eine Vorahnung entsteht, und man erfährt nie, was sich wirklich entwickelt. Wenn die Prophezeiung der Sybille verklingt, verblassen die Sterne und die Katze taucht wieder auf. Sie sagt noch, dass es bald schon wieder morgendämmern wird ...

Das Ganze dauert nur 2 Minuten. Die Produktion wird aus den täglichen Münzeinnahmen der Fontana di Trevi finanziert (um von Berlusconi unabhängig zu sein) und der Lokalsender sollte TELESUPERNOVA heißen. Herzlich, Deine Mia

P. S. Zuerst habe ich gedacht, das Pantheon-Auge gäbe eine etwas starre Kameraeinstellung, bis ich merkte, dass es ein ziemlich guter Schwenk ist!

Taubentürme

Die Taubentürme in der Normandie und insbesondere im Pays de Caux, wurden 1789 vom Volk, das soeben sich erhoben hatte, niedergerissen. Von Weitem schon schön anzusehen, hoben sie allzu deutlich die Privilegien eines vornehmen Adels hervor. Seit dem Mittelalter besaß er zu allem Überfluss das Recht, die schmucken Steintürme, die Colombiers, auf kleinen Anhöhen inmitten der Felder und der Fluren aufzurichten. Und dann nisteten sie dort, 2000 Tauben in den dunklen Mauernischen, schwärmten herrlich aufleuchtend aus, kreisten über den Äckern der Bauern, fielen ein, fraßen sich am Saatgut satt und landeten schließlich, und eben ausschließlich, in den Fleischtöpfen der Herrschaften. Die gebratenen Täubchen waren sprichwörtlich geworden, und weil diese Vorstellung den Revolutionären besonders auf den Magen schlug, machten sie alle Türme dem Erdboden gleich.

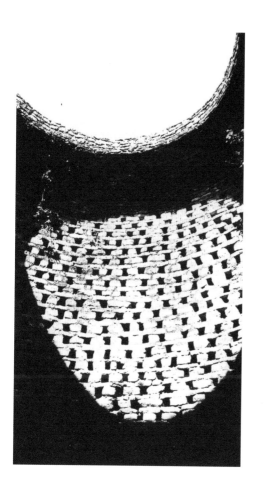

Alle Türme? Nein! Ein unbeugsamer Turm, der alte, sehr alte Taubenturm von Abbaye de La Lucerne steht noch heute. Er basiert auf einer Idee der perfekten Sphäre, ist hoch wie breit und von einer Kragkuppel eingewölbt. In deren Mitte öffnet sich, ganz wie in einem Pantheon das römische Opeion, das Auge des Herrn. Aus diesem stieben, unsterblich, noch immer die Geister-Tauben dieser eitlen Welt empor, schwingen sich als flirrende Wolke in den Himmel und streifen sodann, zügellose Stellvertreter hochfliegender Gedanken, frei nach Nord, nach Süd, nach Ost, nach West, überschlagen das unter ihnen ausgebreitete Land und seinen Wert. Wie gehetzt wirken dagegen die grauen Tauben aus Recklinghausen, Essen, Bochum, die nur noch zusehen, dass sie möglichst ihren Schlag erwischen.

Texte

1) 1835. Ferdinand Gregorovius eilt durch die nächtlichen Straßen Roms. Leichter Nieselregen treibt ihn vor sich her. Es ist die Totenwoche. Er überquert die Piazza della Rotonda. Da lockt ihn ein schwacher Lichterschein in das Pantheon des Agrippa. Ein Priester predigt hier über das Purgatorium und ermahnt die wenigen Zuhörer, fleißig zu beten, denn dies seien eben die Tage, wo das Fegefeuer geleert würde, und fromme Bitten vermöchten viel. »Chè qui per quei là molto sávanza«, sagt ja auch die Seele des Königs Manfred. Der Priester spricht mit großer Wärme, mit sonorer Stimme und in der theatralischen Weise, wie italienische Geistliche zum Volke reden. Im Pantheon des Agrippa macht seine Predigt einen geschichtlich überzeugenden Eindruck. »Denn«, sagt der Mann, »wir wandeln hier auf lauter Staub; gedenkt nur der unzähligen Christen, welche einst Nero, Domitian, Decius und

Diocletian den Tieren vorwarfen, ans Kreuz schlagen und erwürgen ließen.« Die Stimme des Priesters hallt in der großen, halbdunklen Rotonda mächtig wider, und das Echo schmettert von dem Gewölbe: Nero! Domitian! Decius! Diocletian!, dass es scheint, als riefen diese schrecklichen Namen die Geister Roms selbst herunter. Gregorovius sitzt am Grabe Raffaels, und indem er durch das Dämmerdunkel auf die knienden Gruppen und die weiße Gestalt des Priesters blickt, erscheint ihm der Mann wie ein Totenbeschwörer.

Frei nach Gregorovius: Wanderjahre in Italien

Böcklin, Toteninsel

2) 2002. Bazon Brock vermerkt in seinem Buch *Der Barbar als Kulturheld* unter der Rubrik *Göttersitz und Basislager* zum Stichwort *Pantheon / Panpsychon*: ... dass schon immer der Gedanke faszinierte, an einem Ort und in einem Raum alles zu versammeln, was die Welt ausmacht. Enzyklopädien, Bibliotheken, Mandalas – die Welt als Nußschale und die Götterwelt als globusanaloges Pantheon – versuchten diesen Wunsch zu erfüllen. Der Kolonialladen des 19. Jahrhunderts, der Warenpalast und die Zooarche trainierten den Menschen auf das Wahrnehmen von Ordnungen, in denen Einzelnes zum Bestandteil eines großen Ganzen wurde. Höchste Ausprägung dieser Ordnungsgedanken ist in der Theologie der Göttersammlung, der Philosophie der Kunstsammlung und der Supervision der militärischen Machtdemonstration geleistet. Seitdem erkannt wurde, daß jeder

Verpflichtung auf Ordnungen eine bestimmte Psychodynamik entspricht, jede Ansammlung und Versammlung einer Passion entstammt, die lustvoll Leiden schafft, gilt das zentrale Interesse nicht mehr den zur Einheit/Allheit versammelten und geordneten Götterbildern, Uniformen und Aktgemälden, sondern dem psychischen Haushalt von Kulturpriestern, Kommandeuren und Kreatoren. Da die Museumsshop-Objekte selber nur Verweise auf die Psychpotentiale ihrer Nutzer sind und kaum andere Funktionen als Gebrauchsgegenstände, Kunstwerke oder Vortrefflichkeitsbekundungen haben, ist jeder Museumsshop potentiell ein Panpsychon des heutigen Kulturmenschen.

Übung: Ersetze in Harry Mulischs grandiosem Roman »Die Erfindung des Himmels« das in Kapitel 13 vergegenwärtigte römische Pantheon durch die Museumsshopsammlung der vatikanischen Museen.

3) 2008. Habe Harry Mulischs Gottesbeschwörung als Hausaufgabe gelesen:
Brock meint tatsächlich *Die Erfindung* und nicht *Die Entdeckung* des Himmels, und es scheint so, als habe er diese Pointe bewusst gewählt. (Man ist ja schon bei dem Hinweis, der Roman sei *grandios*, und das aus seinem Munde, ein wenig stutzig geworden). Unter dem angegebenen Kapitel 13 findet sich dann auch keineswegs eine direkte Vergegenwärtigung des Pantheon. Stattdessen ist dort vom Aufräumen die Rede.

Brock muss bei der Lektüre des Buchs festgestellt haben, dass Mulisch das Pantheon tatsächlich nicht wirklich beschreiben konnte, weil er es selbst niemals mit eigenen Augen gesehen hat! Wie könnte er es also *vergegenwärtigen*! Als Mulisch in seinem Roman tatsächlich auf das Pantheon zu sprechen kommt, ist von einem erstaunten Besucher die Rede, der einen gewaltigen Doppelgiebel wahrnimmt. Dieser ist, beim tatsächlichen Herantreten an das Monument, nur unter den extremsten Bedingungen und auch dann nur im Ansatz zu erblicken, spränge aber sofort ins Auge, wenn man sich dem Gebäude auf dem Küchentisch, bei der Betrachtung von alten Architekturzeichnungen und Stichen nähert, nämlich aus technischer, unmenschlich hoher Perspektive.

Und auch beim inhaltlichen Showdown der Pantheon-Szene hätte Mulisch wohl niemals seinen rabenschwarzen Allerseelen-Vogel aus der Handlung, aus der Geschichte und aus dem Auge der großen Aula entlassen, hätte er gewusst, dass das Jammertal dort noch nicht verlassen ist, dass die unentwegt kreisenden Silbermöven den Raben oben flugs und grausam abgefangen hätten.

Brock wählt diesen Text von Mulisch also sehr sorgfältig aus, legt eine verrätselte Fährte, und entlarvt ihn als ein Pantheon der Versatzstücke römischer Kataloge, als plakative Auslage von Museumsshop-Konzentraten.

Unicum

Die beiden Kunststipendiaten haben den Ort schon am Morgen mit dem Autobus verlassen. Sie wollten nach Rom, abends in eine Ausstellung des spektakulären, neuen italienischen Künstlerstars, der kleine Iglus baut, aus Glas und Draht, und sie mit Fibonacci-Reihen ans Unendliche bindet.

Die Freundinnen der Männer haben beschlossen, im Ort zu bleiben. Es ist ein klarer, kalter, sonniger Tag: der 23. Dezember 1975 in dem Bergstädtchen Olevano Romano. Sie werden den Tag bei herrlicher Aussicht auf der Terrasse der Casa Baldi genießen. Rolf Dieter Brinkmann beschreibt in seinem Buch *Rom, Blicke* die wunderbare Lage dieses Hauses auf dem Kamm, Sommerrefugium der Villa Massimo (Die Palme im Garten und der im Winter gut ziehende, große Kamin finden seinen Beifall). Im Kamin verlischt langsam die Glut und die Palme vor dem Haus wirft einen scharfen Schatten. Dort wollen die beiden Damen, Astrid v. P. und Stephanie G. in der Sonne sitzen, dabei einen Nuovo des Albaner Landweins trinken, nachher vielleicht ein wenig durch die Weinberge spazieren, dort werden jetzt überall würzige Feuer abgebrannt, und auf dem Rückweg in einer der vielen *bottiglierie* des Städtchens zwei oder drei Flaschen nachkaufen.

Beim Nachkaufen treffen sie auf Zbigniev H. Genau genommen trifft ihn Stephanie mit einem halben Glas Rotwein, von dem sie eigentlich probieren wollte, aber bei ihrer begeisterten Imitation italienischer Gestikulierkunst kippt sie den Roten über den Anzug des älteren Herren. Die jungen Damen sind von H., und keineswegs aus Fürsorge, restlos begeistert. Ganz ungerührt und ein wenig nachlässig tupft dieser sein Jackett mit einem weißen Taschentuch trocken und beginnt in ausgezeichnetem Deutsch und mit charmantem polnischen Akzent, die Vorzüge und Eigenarten des olevanischen Weins zu rühmen. Er weiß viel über die besondere Rebsorte, über das Tanin und die *vendemmia*. Er ist Schriftsteller und wohnt als Ehrengast der Berlinischen Akademie der Künste in der nahe gelegenen Villa Serpentara. Die jungen Damen könnten ihn dort am Abend doch besuchen kommen und ein Gläschen mit ihm trinken! Bis später also!

Non vedo l'ora!

Mitten auf dem Küchentisch steht eine große Flasche *Unicum*. Sie hat die Form einer Kugel, und ihr hochprozentiger Inhalt hat die Farbe von Honig. Runde Dinge sind bevorzugte Fremdlinge in unserer Mitte, sagt Zbigniev, und, Wein habt ihr heute sicher schon genug getrunken. Astrid sieht nach dem Fußmarsch von Villa zu Villa doch recht verfroren aus! Er selbst müsse abends sehr gewissenhaft von dem Likör trinken, weil er sonst die erbärmliche Einrichtung der Serpentara und auch die Kälte nicht ertragen könne, auch nicht die erfrorenen Skorpione in der Badewanne.

É l'unica! Es bleibt nichts anderes übrig! Salute! Sie trinken, und die Mädchen albern herum. Klar, die geistigen Getränke! Ratgeber bei einem anspielungsreichen, geistvollen Gespräch, mit einem Schriftsteller noch dazu!

Es wird wirklich recht lustig am Küchentisch. Zbigniev steckt voller Anekdoten. Und jedes Mal, wenn er von seinem *Unicum* nachschenkt, gleicht er den sinkenden Pegel der Flasche mit Gesprächsstoff aus. Fast ist es, als gäbe er vor seinen Gästen eine kunstvolle Darbietung. Diese Flasche, sagt er, birgt ein Geheimnis. Man wisse allerdings nicht genau welches. Wenn man es herausließe, würde es einfach nur sein Lager wechseln und weiterhin ein Geheimnis bleiben. Nun ja, man muss einfach am Ball bleiben ... Rundheit ist die passende Form für etwas, das überall und nirgendwo zu Hause ist.

Astrid sieht die Flasche mit ihren Augen, mit Goldschmiedinnenaugen. Man müsste sie schneller austrinken und mit Wasser füllen. Funkelnd und weiß glitzernd steht sie dann im Lichtkreis der Küchenlampe auf dem Tisch: eine Schusterkugel, die das Licht des Raums einsammelt und in das Holz des Tischs brennt, oder vielmehr darauf ein kleines, klares Arbeitsfeld anlegt, einen Mikrokosmos fokussiert, in dem sich ihre Hände auskennen würden, wenn sie, zum Beispiel, kleine, herumhuschende Granulatperlen aufzulegen hätten. Hat dann aber die Granulatperle etwas Geheimnisvolles? Wird sie doch noch zum kleinen Mond in einem neuen Planetensystem?

Stephanie geht die Sache mehr vom Theater her an, denn das ist ihr Metier. Und dabei kommt eine schöne Szene zusammen: Schatten an der Wand, gemurmelte Worte, drei Trinker, die um eine geheimnisvolle Flasche versammelt sind. Drei, eine Zahl, die selbst eine Mitte braucht. Und das ist in diesem Fall wohl Zbigniev, und noch viel mehr ist es sein Mund, seine Sprache, die das Geheimnisvolle immer aufs Neue umkreist und beschwört. Flasche! Mund! Jetzt ist Zbigniev bei dieser

Kombination direkt gelandet. Gerade sagt er nämlich, dass die Kugel der absolute Behälter sei. Sie sei die Keimzelle der Vorstellung eines Dings. Wenn es heißt, Am Anfang war das Wort, so muss es aus einer Art Urkapsel geschlüpft sein. Und wenn aus meinem doch ziemlich runden Schädel die dort gedachten Worte fließen, behauptet er, so verknüpfen auch sie sich jenseits des Mundes mit Dingen unserer gemeinsamen, physischen Welt. Diese besitz dann, so gesehen, keine Endgültigkeit. Adam und Eva hätten nicht sprechen dürfen, dann wäre alles beim Alten geblieben. So aber müssen die Künstler, bei den Darstellungen der nach dem Sündenfall notwendig gewordenen *Annunciata*, auf dem Fußboden zwischen dem verkündenden Engel und der Jungfrau, eine Flasche *Unicum* mit in das Bild hineinmalen, einen kleinen, klaren, einer Gebärmutter ähnlichen Flakon, damit die ganze Entwicklung des Neuen Testaments wenigsten gedanklich nachvollziehbar wird. Ja, diese Rundheit hat so wenig Reibung, sie ist so unabhängig vom erdverbundenen, kartesianischen Gitter, sie ist so unbekümmert richtungslos und ohne schwache Stellen, dass sie der Vorstellungskraft ein immer nützliches Zentrum gibt.

Astrid nimmt eine 500-Lire-Münze aus der Hosentasche, setzt sie hochkant auf den Tisch und gibt ihr mit Daumen und Zeigefinger einen kräftigen Spin. Hell flackernd tanzt die Münze über den Tisch. Aus der flachen Scheibe bildet sich eine silberne Sphäre mit einem inneren, goldenen Kern. Ich sage dir, was du dieses Mal bist, lacht sie und schlägt mit der flachen Hand auf die kreisende Münze: Trinkgeld, Zbigniev! Du kannst damit machen, was du willst. Nimm's für schlechte Zeiten, meint Stephanie, man weiß nie, was wird. Außerdem, Vorräte können ebenfalls Vorstellungen ermöglichen.

Die Zeit zum Aufbruch ist gekommen. Man steht noch eine kleine Weile vor dem Haus und blickt gemeinsam in die klare Nacht. Fast hätte man etwas gesungen. Morgen wird der

Heiland geboren, sagt der Pole. Und passt auf, wenn sich der Pfad zum Tal hin gabelt. Links ist eine alte, aufgelassene Tonkuhle. Dort hat man früher das Material für die berühmten Olevaner Amphoren hergenommen. Ihr wisst schon: größte Bevorratung bei kleinster Oberfläche. Das gäbe ein gutes Sparschwein. Ihr müsst aber rechts gehen! Adieu!

Natürlich gehen die beiden erst einmal links. Vom Schwung des Hügels und von einem beschwipsten, seitlichen Drall getrieben, landen sie kichernd und bis über die Knöchel in der vorausgesagten batzigen Sohle. Wie von einem Gedanken bestimmt, graben sie mit den Händen, jede für sich, einen großen glitschigen Klumpen zusammen und schleppen ihn, jetzt gar nicht mehr leichtfüßig, den Hang zur Casa Baldi hinauf. Die hat, oben auf der Freitreppe, zwei steinerne Pfosten. Dort hinauf werden die beiden Tonklumpen abgesetzt, nicht ohne vorher noch eine schnellste Form mit kleinster Oberfläche zu erhalten. Astrid schlägt mit der Faust eine nach unten hin offene Höhlung in die zähe Masse und bohrt mit dem Zeigefinger von oben ein kleines Loch hinein. Stephanie ist handwerklich weniger interessiert, ihr genügt die Kulisse, vielleicht ist sie auch nur sehr müde. Deshalb klatscht sie den Batzen mit einem Holzscheit zu einer verdichteten, kompakten Form zurecht.

Am nächsten Tag rufen die Männer an. Die Frauen sollen nach Rom kommen. Weihnachten im Petersdom, und überhaupt, es ist viel los in der Stadt. So geraten die beiden Tonformen auf ihren Sockeln in Vergessenheit, und da es zu dieser Zeit in den Albaner Bergen häufiger regnet, sucht sich das Wasser, wie überall, seinen Weg. In das Modell »Stephanie« graben sich Rinnsale und schrundige Flussläufe. Muren gehen ab, die Erosionen benehmen sich wie im Erdkundeunterricht, und das Delta des Urstromtals schwappt schließlich über die Weltenscheibe des Sockels hinaus, in das Nichts. Die andere Form dagegen verändert sich kaum. Obwohl sie dem

Regen nach oben demütig geöffnet ist, bleibt die vertikale Hohlform in sich geschlossen. Einige Wochen später bleibt Astrid für einen kurzen Moment nachdenklich stehen, betrachtet das ungleiche Paar und versucht, ihr Erstaunen mit der Bemerkung zu kaschieren, dass sie jetzt endlich begriffen habe, warum die Naturvölker ihre Hütten innen nicht massiv bauen würden. Allerdings, wie sie hinzufügt, sei damit auch sichergestellt, dass ein weiteres Geheimnis gewahrt bleibt.

vDB 142

Das Wetter ist schlecht, Nebel und Nieselregen werden von einem starken Höhenwind aus dem Tal gesogen und über den Berggrat gezerrt. Kurze, heftige Böen zerlegen die Feuchtigkeit in faserige Portionen und treiben die Nässe über den Hang. Seit zwei Tagen wartet der Astronom in der engen Hütte, wartet, dass der Himmel wieder aufsteigt, hoch und klar wird, vor allem in der Nacht, dass die Sterne wieder funkeln und die Luft sich verdünnt. Hin und wieder treffen kleine Gruppen ein, Bergsteigertrupps, die sich ein paar Stunden Wärme und Ruhe gönnen, die ihre Stiefel und Hemden aufhängen, die sich dann urplötzlich wieder in das noch klamme Zeug zwängen und im Schneegriesel verschwinden, irgendwohin, auf einen Gipfel, zurück ins Tal, oder auf die andere Seite des Gebirges, wer weiß. Ihm ist es egal, er hat Größeres vor, denn seine Reise soll bis an den Rand des

Cepheus reichen, bis weit in den endlosen Raum, ganz hinten, noch vorbei an Kassiopeia. Zuerst muss er aber die dazu fehlenden 200 Höhenmeter hinauf, noch eine knappe Stunde Aufstieg, mit der paralaktischen Montierung auf dem Rücken, mit dem Refraktor plus Shapley-Linse, der Canon, dem Labtop, dem zweiten Akku, bis auf die 3017 m. ü. M. des Pnte de L'Observatoire hinauf, auf die schöne, runde Bergkuppe, auf den hohen und einsamen Balkon unter Sternen. Aber das Wetter bleibt schlecht, und er verbringt einen weiteren Tag damit, die Markierungen an seiner Montierung mit frischen, weißen Tapestreifen zu ersetzen und die sauberen Linsen zu säubern. Dann nimmt

er sich seine Notizen noch einmal vor, es ist ein großes Heft mit ledernem Umschlag. Auf die Innenseite hat er Mantegnas Deckenfresko aus der Camera degli Sposi geheftet, ein senkrechter Rundfensterblick in den blauen Himmel, über dem eine dicke weiße Wolke schwebt und der von geflügelten Putten umkränzt ist. Irgendwie findet er dieses Bild ganz passend, einen Himmelsblick durch ein Kuppelloch. Er überwölbt ein Hochzeitszimmer. Die etwas frivolen Engelsknaben, von unten betrachtet, bestärken seine Vorstellung,

Für das Palais Harrach in Wien bestimmt war dieses Deckengemälde mit der Allegorie der Astronomie und Geschichtswissenschaft von Johann Michael Rottmayr, Hauptmeister des österreichischen Frühbarock. Das monumentale Tondo (Öl auf Leinwand, Dm. 273 cm) des 1654 in Lauffen geborenen Malers, der in Venedig Schüler von Carl Roth war, steht in engem Zusammenhang mit Rottmayrs Deckengemälde im Gartenpalais der Fürsten Liechtenstein, das nun die nach Wien zurückgekehrte Sammlung Liechtenstein beherbergt. Am 24. März wird das mit 70 000 bis 90 000 Euro taxierte Gemälde im Wiener Dorotheum versteigert. Foto: Katal.

dass Astronomie auch etwas Erotisches sei, etwas Hochzeitsnächtliches. Immer ist der Blick durch das Teleskop ein fast biblisches Erkennen, ein erster Blick, ein intimer Blick, und dieses Mal heißt sein notiertes Nachtziel »Engel und Eskimo«, eine äußerst kühne Paarung.

Am nächsten Tag überrascht ein herrlich blauer Himmel. Der Astronom packt mit Sorgfalt seine Geräte, Proviant und die besondere Unterwäsche ein, denn es wird so kalt werden, wie die Nacht klar wird. Der Hüttenwirt ist

informiert, dass er erst am nächsten Morgen vom Gipfel zurückkehren wird. Er geht. Langsam, er hat Zeit. Im Pendelschritt eines Metronoms folgt er der Steigung. Er steigt auf. Er glaubt, die Lufthülle der großen Erdkugel wirklich zu sehen, ihre Rundung und ihr Wegdrehen in die Tiefe des Raums, er glaubt, dem Himmel, dem Weltall wirklich nahe zu sein, und ist fast schon über den Grund hinausgestiegen. Dann steht er auf dem fliegenden Berg, von dem Christoph Ransmayr erzählt hat, und um ihn herum ist eine summende Leere, bis das Knistern der Gestirne seine Aufmerksamkeit ausrichtet.

Er nimmt die Suche hoch im Südhimmel auf. Jäger, Spurenleser, Eskimo. Der gigantische planetarische Nebel ist das ideale Urbild des Anfangs, bläulich kühl und glasig. Rund liegt er als Keimzelle in einer Hülle aus rotem Gas. Ein weißer Zwerg, ein pulsierender Einzeller im galaktischen Nest, eine lichtjahrgroße, transluzide Blase, ein heißes Egozentrum, ein lebendiges Inneres, ein Kern in der Leere, ein Iglu im ewigen Eis, ein von allen Seiten gleiches Bild. Ein unwirkliches Wirkliches.

Dann der Schwenk hinüber zu seinem Engel. Er findet ihn im Norden. Der verheißungsvolle Engel ist von der Erde aus zu erkennen, er erscheint wie ein Schatten, wie ein Scherenschnitt, der in einen Sternenhaufen gefallen ist, denn seine dunkle Kontur ist von Sonnen umrissen und mit Sternstaub gezeichnet. Er selbst ist leerer Raum, ein Loch, umgeben von Gasen, Erzen und Mineralien, ein substanzloses und flüchtiges Trugbild. Wie sähe der Engel wohl aus, seitlich oder von einem anderen, beliebigen Blickwinkel aus betrachtet? Sieht er aus wie ein Frosch, oder ist er dann nur unsichtbar geworden? Genau diese Ungewissheit liebt er so am vDB 142. Selbst von der irdischen Perspektive aus, von der Empore der französischen Schweiz aus gesehen, weiß er nicht genau zu sagen, ob der Engel kommt, ob die Gestalt auf ihn zufliegt, oder ob der Engel ihn gerade verlässt. Diese Ambivalenz reizt ihn, und er liebt das

unirdische Wesen mit dem wehenden Haar, in das er nicht greifen kann. Es ist, als würden sich Dimensionen auflösen, wie bei dem flachen Bild eines Davidsterns, der genauso gut einen Raumwürfel bilden würde, indem seine zwei Dreiecke jeweils drei Würfelflächen diagonal überlaufen.

Eine so lange Nachtwache am Berg ist ein intimes, kosmisches Rendezvous und für einen Romantiker verführerisch, er wird leicht in eine Zwischenwelt gezogen. Dort halten die Gedanken es mit den spontanen Sternschnuppen, sind hell und präzise, aber kurz und blitzschnell gedacht, denn schon schlägt es wieder ganz woanders ein, ebenso überzeugend und immer seltsam folgerichtig. Dennoch ist es gut, dass die Justierung des Teleskops zur Konzentration zwingt und dass die Mechanik der Kamera ganz präzise Handgriffe verlangt, weshalb der Astronom den letzten Halt nicht verliert und sich im Morgenlicht wieder zurückverwandelt und materialisiert. In dieser Nacht gelangen ihm

sensationelle Aufnahmen:
Engel und Eskimo.

Wieder unten im Tal, schreibt er in sein Notizheft: Es war kalt, aber im Großen und Ganzen war es ein heißes Treffen. Bedenkt man, dass Eskimo nur im Winterhimmel zu finden ist und der Engel eine schwüle Sommernacht durchstreift, dann kann man sagen, dass am Pnte de L'Observatoire ein Wunder geschah.

Bogomir Ecker, Meteorit

Vorwort

Wenn man beschließt, in einem Kreis zu laufen, dann darf man auch festlegen, wo dieser anfängt. Allen anderen, unfreiwilligen Kreiswanderern, zumal in wüsten und trockenen Gegenden, kann seine liberale Formqualität leider die schleichende Erkenntnis bescheren, bereits am Anfang vom Ende zu sein. Seitdem ich die Spur des Pantheon Projekts verfolge und dabei wissentlich im Kreis laufe, versuche ich aber gar nicht erst herauszufinden, wo ich gerade bin, denn ich sehe mich unterwegs als einen dandyhaften Flaneur, halte nur hin und wieder inne und betrachte meine Umgebung sorglos, wie durch Kristall. Verschiedene Ungenauigkeiten in der Struktur des Geländes, rund um die Eindeutigkeit meines zentralen Gedanken-Gebäudes, können dann manchmal den Anschein erwecken, als sei z. B. dieses Vorwort bereits ein Epilog. Das liegt jedoch nur daran, dass der Buchstabe

Sagit Mezamer, Videostill

»V« so weit hinten im Alphabet erscheint. Um für ein Mindestmaß an Zuverlässigkeit zu sorgen, hatte ich nämlich dem Alphabet die Gliederung dieses Buchs überlassen. Auch glaubte ich, so dem Gegenstand meiner Auseinandersetzung eher gerecht zu werden. Nun kann ich nicht mehr zurück. Einen erkennbaren Einstieg habe ich also verpasst. Wie in einen Strudel bin ich in das Pantheon Projekt hineingeraten.

Ich erinnere mich, dass ich in den 70er Jahren schon seit geraumer Zeit in Rom dahintrieb, als Peter S., etwas querab treibend, mir zurief, er verspüre gerade eine unbestimmte, drängende Drift. Und richtig, uns beide, Kunststipendiaten in Rom, hatte eines Nachmittags, auf dem Weg über den Pinchio, vorbei an den Algenbärten der Wasseruhr, über die Dauer eines kalten Biers vor dem Kiosk, und den ganzen Weg quer durch die Villa Borghese, bis hin zur Wohnung der Signora Gra, wo Peter ein Zimmer gemietet hatte, nur ein einziges Thema beschäftigt: die große Kuppel des Pantheon. Unser Gespräch begann sich mehr und mehr um diese stabilisierende

Mitte zu drehen, aus welcher unermüdlich fast unsichtbare Fäden herausgeschossen kamen, die sich als ein feines, silbriges Netz über alle möglichen, verstreuten Positionen unseres weitläufigen und kunstimmanenten Alltags legten. So sehr wir die Haltbarkeit dieser Vernetzungen auch strapazierten, unser kunstbeseelter Rom-Aufenthalt hatte plötzlich einen belastbaren, emotionalen und konstruktiven Brennpunkt erhalten, der nicht mehr verglimmen wollte.

Mehr will ich auch von meinen Lesern nicht verlangen: Sie möchten sich nur darauf einlassen, dass hier jemand versucht, aus einer parthenogenetisch entstandenen Materialsammlung eine lesbare Hülle zu spinnen und dabei die Kugelgestalt des Pantheon zu imitieren. Es wäre schon schön, wenn die Text-Teilchen von der Masse des Pantheon auf einer atmosphärischen Umlaufbahn gehalten würden, damit der Staub aus meiner Schreibstube ein wenig im Licht dieser Sonne aufflirren kann. Wie es den Bildern des Buchs ergehen mag, so habe ich großes Vertrauen in deren eigenwillige und liebenswerte Potenz. Das Pantheon Projekt hat mich über einen langen Zeitraum begleitet, länger, als es mich tatsächlich beschäftigt hat. Irgendwann fand ich zu meiner eigenen Überraschung einen speziellen Speicherplatz in meiner Vorstellungswelt, der selbstständig bereits alle Materialien versammelt hatte, aus denen ich das vorliegende Buch zusammengestellt habe. Wenn auch Unsicherheiten, Hurenkinder und Schusterjungen (s. u.) mit dabei sind, so bitte ich den Leser, die Texte und Bilder erneut und etwas geschickter zu jonglieren, als ich es konnte. Dafür danke ich ihm.

Mein uneingeschränkter und ganz umfassender Dank gilt Astrid v. Poschinger. Lucas Grau, Anna Lena Grau und Mia Grau haben alles hinterfragt, mir wertvolle Hinweise gegeben und mir neues Material geschenkt.

Freund Peter Schliep danke ich für unseren

gemeinsamen, allerersten Pantheon-Besuch.

Ute Radler danke ich für das Layout.

Ralf Jurszo verdanke ich das verwunschene Gemälde auf dem Buchcover.

Ottmar v. Poschinger danke ich für die fotografische Unterstützung. Veronika Schöne, Dr. Wolf Jahn, Llaura Sünner, Dr. Harald Falckenberg, Laszlo Glozer, Ursula Panhans-Bühler haben mir mit ihren feinen Reaktionen als erste Leser sehr geholfen.

Bei Ludwig Seyfarth bedanke ich mich für sein einfühlsames, abschließendes Lektorat und das Nachwort, Nora Sdun und Gustav Mechlenburg für die verlegerische Arbeit und Franziska Nast für den letzten Lack.

Auch allen jenen gebührt mein aufrichtiger Dank, deren Bilder ich der eigenen Sammlung zusätzlich einverleibt habe. Ich habe mich bemüht, die Rechte für diese Abbildungen zu klären.

Schließlich danke ich, ganz ernsthaft, der Schildkröte Kubi, deren barocke Gelassenheit mir ein Vorbild war.

Georg Herold, Eingeschmolzener Filmstreifen

Wasserwaage

Als meine Nichte Felicia 18 Jahre alt wurde, hielt ich es für eine gute Idee, sie für ein paar Tage nach Rom einzuladen. Wir verabredeten uns dort, in der Stadtmitte, am Brunnen auf der Piazza Rotonda.

Alle nächsten Tage, wir gönnten uns dieses kleine Ritual, besuchten wir das Pantheon morgens, gleich nach dem Frühstück, und bevor wir ins Hotel zurückkehrten. Zur späten Stunde war es dann zwar nicht mehr geöffnet, die automatische Alarmanlage schaltet sich heutzutage um 19 Uhr 55 ein, aber es war ganz besinnlich, dort im Zwielicht, in der Nähe der noch warmen Mauern eine Weile herumzustehen. Dort fiel uns regelmäßig ein interessanter Ort ein, den wir am nächsten Tag besuchen wollten. Einmal lag eine italienische Euro-Münze direkt vor der Portikus. F. hob sie auf, und wir begutachteten die feine Prägung nach Leonardos Zeichnung: ein schöner, männlicher Körper, der sich trefflich in den Kreis und in das Quadrat spreizte. Wir sprachen über diese selbstbewusste Nabelschau des Renaissancemenschen und den etwas überraschenden Auftritt im Zentrum eines Geldstücks. Aber die Verbindung Mensch, Renaissance, Bankwesen, Nabel hatte auch Charakter. Deshalb wollten wir am nächsten Vormittag an der Staatlichen Münzanstalt vorbeigehen, deren rauschenden Rotationsmaschinen und Prägehämmer Tag und Nacht hinter Kellerfenstern stampften. Ihr Rap-artiger Soundtrack würde das langsam entstehende Bild vom persönlichen Geld und vom unzähligen Geld gehörig dramatisieren.

Hier, auf dem Fußboden des Proanos, war der Fund aber auch recht gut aufgehoben, denn die Münzzeichnung und das Ornament des gefliesten Bodens verfolgten ein gleiches Muster: alte Bekannte, Kreis + Quadrat. Im Inneren des Gebäudes, so erinnerten wir uns, gab es vier symmetrisch angeordnete, rechteckige Kapellen, Angelpunkte für ein schönes großes Quadrat, und der umgebende Mauerkreis war gar nicht zu übersehen. Auf diese prinzipielle Ausgangssituation und den dazugehörigen Fußboden aufmerksam geworden, galt diesem beim nächsten Nachdemfrühstücksbesuch das besondere Interesse.

Da man die gesamte Bodenfläche nicht ohne Weiteres in der Aufsicht fotografieren konnte (die dafür notwendigen Sondergenehmigungen der Bürokratie einzuholen, scheuten wir uns), schlug F. vor, es jetzt doch wenigstens mal ganz seitlich zu versuchen. Um das Motiv so richtig flach zu machen, legten wir die Kamera direkt auf den Stein. Das Ergebnis (schön, wenn man Ergebnisse immer gleich sehen kann) war überraschend: Der Boden war nicht, wie sein zentrales Siel suggerierte, konkav zur Mitte hin eingesunken, sondern er hob sich, wie ein Venezianer Spiegel, konvex daraus hervor. Das bedeutete, dass die gigantische und luftige Pantheon-Raumsphäre, die hier den Grund berührte, eine äußerst labile Lage hatte. Eine große Kugel lag sozusagen auf einer noch viel größeren, möglicherweise lag sie sogar auf der architektonischen Vollendung der Erdoberfläche selbst (vielleicht in einem proportional angemessenen Massstab)! Beim Schwimmen im See, wenn ihn morgens keine Welle kräuselt, habe ich es an den Entenköpfen, die körperlos nur knappe 50 Meter von mir entfernt unterwegs waren, schon mehrmals gut sehen können: Die Erdkrümmung lässt, flach genug betrachtet, auf kürzeste Entfernung eine Menge Dinge hinterm Horizont verschwinden, und genauso war es auf unserem Foto zu sehen. Die ältere Dame auf der anderen Seite der Halle war ohne ihre Füße abgebildet. Das zeigte nun endgültig, dass das Pantheon zwar von dieser Welt ist, aber nur, um eine weitere, andere aufzumachen. Diese Entdeckung beglückte uns. Als nun auch noch Fortuna in unseren Sinn kam und sie auf ihrer unentwegten Kugel in greifbarer Nähe zu balancieren schien, nahmen wir auch dieses Angebot wahr und erkannten den gewölbten Spiegel des Marmorbodens als

eine notwendig instabile Andockstation für jegliche geistige, philosophische Form. Diese wacklige Idee begleitete uns nun weiter durch Rom, und es wurde ein richtiges Vergnügen daraus, die gewagtesten Spekulationen anzustellen. Wir spielten »Virtus & Fortuna«.

Am 2. Tag zeigte der Brunnen vor der Villa Medici, zweifellos der schönste, folgendes Bild: Aus einer zentralen kleinen Kugel jagt ein einzelner, blitzweißer Wasserstrahl nach oben, sein Herunterfallen lässt das reflektierte Abbild der Domkuppel, das Sinnbild der Hl. Kirche Rom, auf der glänzenden Spiegelscheibe der flachen, aufgesockelten, runden Schale erzittern und in körperliche Auflösung geraten. Das über den weichen Rand des Beckens an langen Algenbärten abtropfende Wasser versickert unter dem Brunnen in einer einfallenden Vertiefung des gemeinen Straßenpflasters. Es rinnt zwischen den Kopfsteinen in die allegorische Römische Kloake. Was für ein rätselhafter Balanceakt!

3. Tag, das Kapitol: Die Mitte des Platzes ist

durch eine Aufschüttung leicht erhöht. Um sie herum kreist in hellen Bahnen ein gewaltiger Stern. Seine drängende Kraft nimmt das schwere Pferd im Zentrum weit mit sich hinaus und es setzt seinen mächtigen Huf auf jede Weltengegend des Imperiums, ohne Anstrengung und ohne Schweiß.

4. Tag, Villa Borghese: Berninis Daphne entflieht dem Amor, entflieht dem Marmor, bewegt sich in einer Geschwindigkeit, die verharrt. Schnelle Füße auf der Flucht von festen Wurzeln getragen. Der murmelnde Fluss hält das Unbegreifliche in der Waage.

Dann, 5. Tag, noch einmal unser erster Treffpunkt in der Stadt, der Obelisk auf der Piazza Rotonda: strenge, auf die Spitze getriebene Abstraktion gespiegelt in haltlosem Wuchern. Disziplin und Überschwang berühren einander, unmerklich. Paar Schritte weiter, Piazza Minerva: Elefant trägt Obelisk. Schwere oder leichte Übung? Verstand oder Weisheit? Kopf oder Zahl?

6. Tag, Fiumicino. Heimflug.

Wimpernschlag

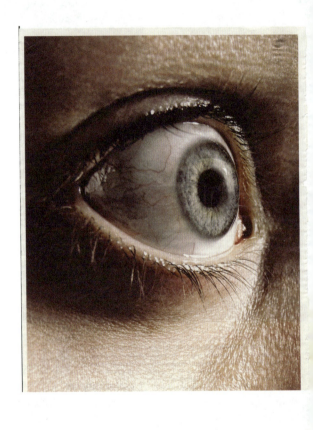

Sobald Adán aus dem Pantheon heraustrat, hielt er schon Ausschau, ob im Rinnstein der Straße etwas Rundes läge. Ein Pappbecher, eine Katzenfutterdose, eine Plastikflasche, irgendetwas, das er auf die kleine Abbildung in seinem Reiseführer hätte legen können, auf die Risszeichnung der soeben verlassenen Architektur. Das würde zeigen, ob es sich tatsächlich um ein echtes Sphären-Haus gehandelt hatte. Der eigene Name warnte ihn, voreilige Schlüsse zu ziehen oder einem ersten Anschein zu trauen, denn man konnte Adán von hinten so folgerichtig lesen wie von vorne: Adán hieß nada, nichts.

Ein Schweizer Taschenmesser hätte jetzt zierlich einen Zirkel aufgespreizt und zügig eine präzise und endgültige Vermessung abgeliefert, aber mit dem Linsendeckel seiner Kamera musste es auch gehen. Er hockte sich also auf die Brunnenstufen in die

Mittagssonne und probierte herum, bis kein Irrtum mehr möglich war, bis sich sein verwurzeltes Misstrauen bewahrheitete: Das Pantheon umschloss keine Kugel. Es war unmöglich, einen perfekten Kreis in den Querschnitt der Halle vollständig und ohne Einschränkung einzupassen. Das sphärische Ebenmaß wurde auf halber Höhe der Aula rundum von einem vorspringenden Gesims empfindlich eingezwängt. Würde man die Kugelprojektion etwas verkleinern, so schwebte diese, mit einem Abstand von zirka 20 Zentimetern, unbehelligt innerhalb des Raums, nur zart stabilisiert von jenem scharfen Steinkragen an ihrem Äquator. Wollte man die Kugel aber vollständig in die Steinhülle schmiegen und sie im Zentrum des Fußbodens fest auffliegen lassen, dann würde sich eine schmale Taille deutlich in ihre sonst makellose Haut einkerben. Sie hätte dann eine Art Sollbruchstelle, waagerecht durch ihr Zentrum geschnitten. Sie wäre eine Zellblase, die kurz vor ihrer Teilung stünde.

Dieser Gedanke faszinierte Adán. Er war

Mexikaner, er war der geborene Borderliner. Sein Land war ein einziger, endloser Grenzzaun. Mexiko drückte wie ein gestauter See aus dem Süden nach Norden gegen Stahl und Beton, gegen eine Membran, die noch viel wirkungsvoller und unüberwindlicher in den Köpfen der Menschen saß. Er konnte den schmalen Grenzgrat des Pantheon also mühelos und, seiner Erfahrungen nach, als ein physikalisches Hilfsmittel identifizieren, z. B. als das eventuelle Auflager für ein Schalungsgerüst, das beim Bau der großen Kuppel möglicherweise notwendig geworden war. Oder, wenn diese Annahme falsch war, als den Versuch, laterale Kräfte nach innen zu leiten, was ihm letztlich aber auch etwas herbeigeholt zu sein schien. Sehr deutlich sah er aber, dass dieser farblich abgesetzte Baukörper eine leichte Verzögerung, eine Art Innehalten seiner Wahrnehmung verursachte und einen gedanklichen Wechsel markierte. Dieser Grat war wahrscheinlich eine Grenzidee.

Es fiel ihm wieder die eigene wundervolle Erfindung ein, auf die er gekommen war, als er letztes Jahr für die BBC in London gearbeitet hatte. Er war als Scenograph für ein ganz entscheidendes Filmbild verantwortlich gewesen: Ein Psychiater hielt eine Hypnosesitzung ab, und zwar mit der Queen of Misdirecting persönlich, mit Mrs. Agatha Christie. Sollte herausgefunden werden, wo und wer die Schriftstellerin gewesen war, als sie, aufgrund einer plötzlichen Amnesie, für ganze elf Tage und auf mysteriöse Weise verschwand. In diesem zentralen Szenenbild hatte Adán einen runden, dreibeinigen Mahagonitisch direkt neben der hypnotisierten Mrs. Christie aufgestellt und darauf ein großes Goldfischglas mit drei kleinen Fischen (*She was monitored like a Goldfish in the Bulb*). Dieses Glas war nur bis zur Mitte mit Wasser gefüllt. Dadurch ließen sich zwei gleich große Halbkugeln unterscheiden: eine gefüllte und eine offene. Der Wasserspiegel war, wahrscheinlich aufgrund übermäßiger Fütterung der Fische, etwas milchig geworden und zu einer trübflüssigen, öligen Spiegelscheibe geronnen, die nur umso wirkungsvoller im Scheinwerferlicht aufblitzte. Diese quecksilbrige Membran entpuppte sich nun im Laufe der Sitzung als der eigentliche Aufenthaltsort der beiden Agatha Christie, sowohl der hypnotisierten als auch der verschwundenen. Die in beiden Zuständen temporäre Persönlichkeit hatte sich in eine Zwischenwelt zurückgezogen. Namenlos im Niemandsland der Hypnose begegnete sie sich selbst, als ihre eigene Schwester und als Schwester der Geliebten ihres Mannes.

Adán spürte, dass er jetzt ganz nah an das *Geheimnis des Grates* rührte.

Nein, augenblicklich wurde ihm bewusst, dass dieser geheimnisvolle Grat, unausweichlich in jeder Weltansicht vorhanden wäre, solange man diese nämlich mit den eigenen Augen sah. Jeder einzelne Wimpernschlag zerlegte die ganze Wahrheit unermüdlich in zwei Portionen. Natürlich war es eine Methode zur Befeuchtung der Augäpfel, viel geistreicher aber noch war es die sichtbare Zäsur des persönlichen Wahrnehmungsprozesses. Unaufdringlich und mit einfühlsamem Rhythmus erinnerte der Lidschlag Adán jetzt daran, dass sich das Licht jenseits der Pupille von dem Licht auf der Netzhaut unterscheiden musste, dass sich die beiden Erscheinungen innerhalb und außerhalb seines Ich gegenseitig projizierten und dass sie erst dadurch zu einem verschmelzen konnten. Dennoch war er recht froh, dass diese Einsicht nicht unentwegt seinen Blick verstellte, sondern nur hin und wieder und dann kaum sichtbar war.

Diese ganzen Überlegungen zum Mauergrat im weiten Rund des Pantheon habe ich auf einer Bergwanderung in Tirol erfahren. Es war, man mag es mir glauben oder nicht, auf dem Gipfel der Gratlspitz, oberhalb des Alpbachtals. Ich hatte den nicht allzu hohen, aber schroff und ausreichend alpin wirkenden Bergkamm erklommen und mich hingesetzt, um ein Speckbrot zu essen, wobei ich etwas umherblicken wollte. Der nächste Wanderer, der das Gipfelkreuz erreichte, war Adán, und ich sah ihm zu, wie er aus einer kleinen Flasche etwas Flüssigkeit auf einen erhöhten Felskopf träufelte. Da ich selbst zu solchen merkwürdigen Ritualen neige und annehmen durfte, dass hier mit Schnaps hantiert wurde, sprach ich Adán an, und wir teilten uns das Speckbrot und einen Schluck von seinem weit gereisten, ganz 100-prozentigen Agaventequila. So saßen wir nebeneinander und beobachteten einen Raben. Genau auf unserer Augenhöhe, nahezu ohne Flügelschlag und in wunderbar verzögerten Bögen, kreuzte der Vogel, ein schwarzes Segel auf der langen Dünung des Luftmeers, welches unter uns das Tal füllte. Er bezeichnete in flachen Bahnen einen träge schwappenden Spiegel, unter unendlich überwölbendem Himmel. So kam es, dass mir Adán vom Pantheon erzählte.

X-beliebig

Von meinem Barhocker aus kann ich den Kiosk genau beobachten. Ich trinke einen zweiten Kaffee, weil die Sache anfängt, interessant zu werden. Vor der Bude stehen vier übervolle Drehständer auf der Straße, bestückt mit sämtlichen Ansichtkarten der Stadt. Passanten kommen und gehen, bleiben stehen. Die voll gestopften Postkartenständer rotieren gebetsmühlenartig im kühlen Schatten der Pantheon-Stúpa. Selbstverständlich steckt auch ein Sortiment des Vor-Ort-Motivs in den Auslagefächern. Sogar alte Schwarzweißaufnahmen aus den 30er Jahren sind dabei (Alle handkolorierten Exemplare habe ich später gekauft). Alles wird feilgeboten: Kolosseum, St. Peter, Engelsburg, Ponte S. Angelo, Cestius-Pyramide, Laokoon usw., das ganze Programm. Die Touristen sind in ihrem Element. Geflissentlich begutachten sie die Sehenswürdigkeiten, ganze Stapel werden

sorgfältig zusammengestellt. Ich warte geduldig. Es bleibt dabei, und, so nah, so fern, hinter den gewaltigen Postkartenkonvoluten Roms, die auf allen Straßen in die weite Welt zurückeilen, bleibt ein Kleinod alleine und als unbekannte Größe zurück: das Pantheon.

Was macht es wohl aus, spektakulär zu sein? Welche Botschaften sollen die Karten den Freunden und Verwandten zutragen? Muss das Bildmotiv ganz offen sein, soll es beiläufig sein und dekorativ? Oder muss es bekannt sein? Ist das Pantheon nicht bekannt genug? Mir fällt es nicht leicht, die Fontana di Trevi für attraktiver zu halten, genau genommen ist es mir nicht möglich, aber ich muss schon zugeben, dass sie ein echter Star ist. Das alleine macht sie begehrenswert und bedeutsam, ja, sogar sexy und schillernd. Ist das Pantheon schlicht zu einfach, ist es nicht genügend detailliert, um zu unterhalten? Ist es eher E statt U oder einfach zu bescheiden?

Das Pantheon ist nicht bescheiden. Es ist zwar von klarer Form, aber darüber hinaus

ist es eher größenwahnsinnig. Unermesslicher Kosmos, alle Götter, weite Halle. Ehrwürdiges Alter, Dunkelheit der Geschichte, versammeltes Wissen. Das zusammengenommen ist viel. Vielleicht zu viel, um schnell und leicht verständlich abgeschickt zu werden? Die Postkarte kann die gläubige Umarmung des Platzes von St. Peter, die Idylle des plätschernden Brunnens, den Schmelz der sinnenden Pietà wohl besser beschwören und abtransportieren, denn das Pantheon bleibt seltsam spröde und kühl, verweigert sich der

schnellen Deutung. Es scheint ja auch ganz leer zu sein. Das wäre eigentlich die ideale Voraussetzung, um essenzielle Nachrichten aus Rom zu verpacken. Auch liegt die Bedeutung des Pantheon nicht in seinem Inneren verkapselt, sondern reicht weit über das Gebäude hinaus. Sie ist im ureigensten Sinne auf umfassende Globalisierung ausgerichtet, nicht auf eine regionale Referenz, und das spräche sehr für eine postalische Verwertung. Das Pantheon ist ebenso ein kosmopolitischer

Schwebezustand wie die touristische Verortung: Kaum hat man es betreten, verlässt man die Stadt Rom.

Mir kommen die dicken Bilderpacken, die auf ihren Rundständern in alle Himmelsrichtungen blicken, so vor, als wären sie gemeinsam ein nach außen gestülptes Pantheon. Ich denke dabei an die Kuppel mit ihren 140 Kassetten. Ein holländischer Künstler hat einmal 140 Bilder gemalt, um alle möglichen Ausblicke aus diesen 140 Fenstern zu ergründen. Meinen Einwand, dass er dazu 532 Bilder hätte malen müssen, da 28 Kassetten dreifach und 112 Kassetten vierfach überlagert sind, wie man es an ihren gestuften Rahmen deutlich sehen kann, fand er etwas besserwisserisch. Angesichts der gestaffelten Postkarten meine ich aber, dass ich damals Recht hatte. Nur eins, das nach oben gelegte Bild ist jeweils zu sehen, dahinter verbergen sich noch andere. Es ist so, als würde eine kleinen Gruppe Menschen hintereinander und in der gleichen Fährte durch den Schnee stapfen. Nur wenn ein Kind zuletzt gegangen ist, wäre seine Spur ebenfalls zu sehen. In der Erinnerung geht es zu wie auf diesem Schneefeld. Die Gedanken überlagern sich oft, und das eine kann durch das andere vollständig ausgelöscht werden. Besonders großspurige Bildeindrücke behaupten sich deshalb noch am besten, und sie geben dem Postkartenautor dann das gute Gefühl, er habe große Informationsmengen auf den Weg geschickt, obwohl seine Prosa nur ein enges Feld beschreibt. Die vordergründige, augenscheinliche Behauptung ist der Schlichtheit des Kartentextes geschuldet. »Das Wetter ist gut, und ich habe den Pabst (SIC) gesehen« kann man kurz und bündig auf sich beruhen lassen, wenn der Empfänger der Botschaft dafür die Bildseite als illustre Zusammenfassung unterschwelliger Details wiedererkennt. Also steht es 1000:1 für die St.-Peter-Fraktion. Keine Chance für Pantheon & Co, schon gar nicht für S. Clemente. Dabei ist Rom in jeder Hinsicht vielschichtig.

Yellowpress

Dieter Roth

Heute wundere ich mich, dass mir der etwa 60 Jahre alte Herr nicht gleich aufgefallen ist. Er sitzt auf den Stufen des Brunnens, Westseite, und liest die Zeitung in der Morgensonne. Was daran merkwürdig ist und weshalb ich den Herrn überhaupt bemerke: Er sitzt auf dem Fußboden, trotz seiner ausgesprochen eleganten und feinen Kleidung. Auch passt sein teurer, rehbrauner Mantel aus Münchner Loden überhaupt nicht zur billigen Aufmachung seiner lauten und großspurigen Zeitung, zum *Il Giorno*.

Il Giorno, jeden Morgen, ich habe es mehrmals überprüft, irgendwann zwischen 9 und 10: Da sitzt er, da liest er. Er nimmt sich Zeit für alle hechelnden Schlagzeilen, für alle frivolen Bilder und für alle akribischen Sportnotizen. Er blättert entspannt in den Seiten, vor und zurück: Sieg, Mord, Verrat. Unterschlagung, Entführung, Geliebte. Tierdrama,

Misswahl, Dopingskandal, Celebrities. Ich glaube, er liest sogar das Horoskop. Dann rollt er das Blatt zu einer festen Rolle zusammen, schlägt sich damit auf das rechte Knie, steht dabei auf. Er schlendert hinüber zur Portikus der Rotunde, nickt dem Souvenirhändler zu und betritt das Pantheon.

Wie jeden Morgen wandert er etwa bis zur Mitte der Halle, bleibt dort stehen, sieht sich um, sieht nach oben, sieht zur Seite, dreht sich ein wenig, als würde er auf etwas warten, geht ein paar Schritte rückwärts, aufmerksam, und dann, als hätte er sich abermals einen Stoß gegeben und, wie um etwas zu beenden, geht er mit schnellen Schritten zum Portal hinaus und, ohne zu zögern, verschwindet er zielstrebig in Richtung der Börse.

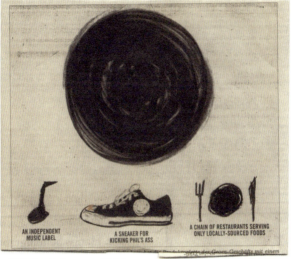

Kalle Lasn, Gegengeschäftslogo

Zeitmaschine (Rolex)

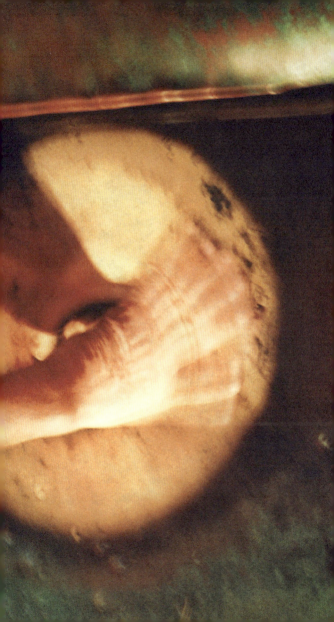

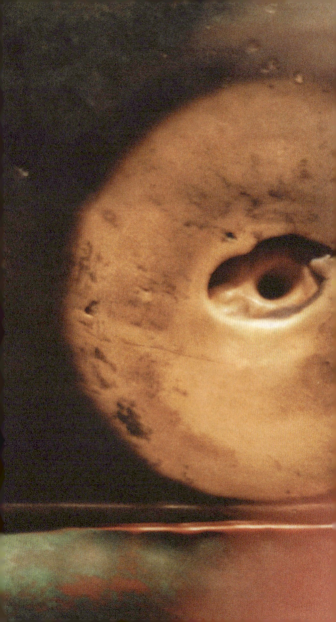

Meine erste Uhr erwarb ich mit 21 Jahren in Disneyland, San Diego. Es war eine mechanische 20-$-Mickey-Mouse-Uhr, und in den folgenden, äußerst turbulenten 20 Jahren deuteten ihre weißen, vierfingerigen Zeiger-Handschuhe unermüdlich auf den Verlauf meiner Zeit. Dann, irgendwann in einer bemerkenswerten Nacht in einem rumänischen Zigeunerlager, wir sangen *Flat Foot Boogey* und tranken chinesischen Wodka der Marke *Friendship*, ist meine Uhr unversehens abhandengekommen. Erst zu meinem 50. Geburtstag glaubte ich, dass dies ein gewisser Höhepunkt sei und es deshalb wieder an der Zeit wäre, erneut eine Uhr zu tragen. Diesmal wünschte ich mir, eine Rolex zu besitzen. Ich stellte mir vor, dass eine Rolex sehr dauerhaft wäre und ich keine weitere Uhr mehr benötigen würde, sie sogar ein schönes Erbstück abgeben würde, wenn ich das nächtliche Singen

In Istanbul, in der Hagia Sophia, steht die schwitzende Säule. Ihr aufgestauter Bewegungsdrang rührt von dem Engel her, der darin eingeschlossen ist. Gelingt es dir, mit der rechten Hand darauf einen vollständigen Kreis (von 12" bis 12") um den Daumen zu schlagen, verschafft dies dem Engel Linderung und er gewährt dir einen Wunsch.

in unbekannter Gesellschaft zukünftig nur ein wenig vorsichtiger angehen würde. Außerdem besaß diese Zeitmaschine einen Mechanismus, der die Trägheit der Schwerkraft mit den spontanen Bewegungen meines Handgelenks in Einklang bringen würde, um, so definiert, aus der Bewegung und dem Raum heraus, Zeit zu bilden. Keine Spannfeder, keine Litiumbatterie, sondern meine eigene Lebensenergie würde das Laufwerk betreiben. Diese Uhr bekam ich tatsächlich zum Geburtstag geschenkt: die Oyster Explorer. Selbiger Chronometer war eigens für Sir Edmund Hillary entwickelt und gefertigt worden, um ihn und Tanzing Norgay am 29. Mai 1953 auf den höchsten Gipfel des Mount Everest zu begleiten. Sogar für Extrem-Tauchgänge, bis zu 270 Fuß tief, ist das Werk geeignet. Bedenkt man, dass im Gebiet des Himalaja vorgefundene Muscheln und Korallen als magisch aufgeladene Materialien gelten und dass sie in der buddhistischen Praxis von wunderbarer Bedeutung sind, dann versteht man auch, dass der Name Oyster Explorer recht gut gewählt ist und der ins Auge gefassten sportlichen Unternehmung eine durchaus historische Dimension verleiht. Das junge Gebirge, das aus dem Meeresboden zu seinen fliegenden Höhen aufgebrochen war, wies den erdgeschichtlichen Zeitlauf aus der Tiefe des Urmeers heraus bis zu seinen berstenden Altersfalten hinauf und generierte aus der fast bewegungslosen Stille der Oyster die hohe Geschwindigkeit des Explorers. Wenn ich auf das Zifferblatt meiner Rolex schaue, sehe ich den Mount Everest, der als äußerste Zackung der langsamen Erdrotation wie ein großer Uhrzeiger am Orbit entlangschrappt. Eine Frage habe ich allerdings nie beantworten können: Wieso war es überhaupt notwendig, auf dem Gipfel der Zeit auf die Uhr zu schauen? Wer weiß nicht, angesichts solcher Großuhren, wie spät es ist? Aber, wie schon gesagt, auch im Pantheon schaltet sich neuerdings exakt um 19:55 die elektronisch gesteuerte Alarmbereitschaftszeit ein, als sollte die alte, wirkliche Zeit von einer zeitgemäßeren übernommen werden. Um noch einmal auf Mickeys weiße Handschuhe zurückzukommen, Charlie Chaplin gab in *Moderne Zeiten* auch den Uhren-Dienstmann.

Zwiebelhäute

•

Odilon Redon, *L'œil comme un ballon bizarre se dirige vers l'infini*, 1882

Ich träume. Von den Traumturbulenzen getrieben, erfinde ich eine umwälzende Ausstellung zeitgenössischer Kunst, die sich über mehrere Säle erstreckt. Während ich hindurcheile, statte ich sie mit weiteren überragenden Werken aus, eigentlich damit befasst, den Zugang zu einer versteckten Waldhütte zu finden.

Schon in den nächsten Traumschichten gelange ich in einen Weinberg und liege, vom Wandern müde geworden, unter den Reben im Schatten. Über mir hängen die schweren Trauben, deren Weinbeeren anschwellen ...
Ich träume davon, einzuschlafen und in einem Ballon über eine Stadt zu fahren. Als ich über dem Pantheon treibe, werfe ich ein Seil nach unten, und das Seil fällt in das Loch, in das Gebäude. Dort unten steht Kapitän Horn mit seiner blauen Mütze, der Segellehrer meiner Schulzeit, und fängt das Tauende geschickt

auf. Er zieht es hinter sich her, läuft damit zum Portal aus dem Pantheon hinaus. Draußen legt er eine Tallie um den Obelisken und belegt das Seil an einem Poller. Jetzt schalte ich die Winde ein, die an meinem Weidenkorb angebracht ist, und das Seil strafft sich. Der Ballon wird zur Kuppel des Pantheon hinabgezogen, immer weiter, bis der Korb vollständig in sein Inneres eingetaucht ist.

Hier warte ich, bis genügend Energie geflossen ist. Der Ballon und das Gehäuse, die beiden miteinander verzurrten Hüllen, blähen sich wie zwei riesige Amöben, die sich paaren, die übereinanderhocken und ihre Körperöffnungen aneinanderpressen.

Abrupt ziehe ich den Gaszug nach unten, dass der Brenner auffaucht.

Der Impuls des flammenden Ausstoßes lässt den Ballon erzittern. Horn da unten löst geschwind die Leine, und die beiden Blasen trennen sich langsam voneinander. Als Nabelschnur wird das lange Tau aus dem Opeion herausgezogen und hängt als senkrecht tropfender Faden unter dem Korb. Von unten hätte man durch seine Öffnung in den Ballon hineinsehen können. Er leuchtet von innen

Max Beckmann

heraus. Er steigt weiter auf, in lautloser, sich drehender Drift, und bald lässt er die nach oben offene, dunkle Kugel des Pantheon weit unter sich zurück. Der Engel Asrail nimmt den Himmel des davongleitenden Fahrzeugs unter seine Fittiche, trennt die Seele vom Leib, und mein Traum träumt nur noch sich selbst.

Anna Lena Grau, Kolbengläser

Zwei Rezepte

Sélection Madagascar:
Die Elegante

Aus der erstklassigen Trinitario-Cacao-Bohne,
einem Grand Cru-Gewächs aus
der Sambirano-Ebene auf Madagascar,
haben wir mit unserer traditionsreichen
Handwerkskunst ein sinnliches
Gaumenerlebnis kreiert.

Charakter dieser Edel-Truffes-Sorte:
mildes, ausgewogenes Bouquet
mit leichter, frischer Zitrusnote
und elegantem Abgang.

Ohne die Aufzeichnungen von Dr. Maria M., die von manchen Bewunderern aufgrund ihres Forschungsgebiets und wohl auch wegen ihrer allgemeinen Erscheinung *Die Hamburgensie* genannt wurde, wären viele hanseatische Gebräuche und Traditionen für immer verloren gegangen. Hier sind zwei schlichte Rezepte wiedergegeben, das erste, um die Fastenzeit einzuleiten, das zweite, um das Ende der Fastenzeit zu feiern.

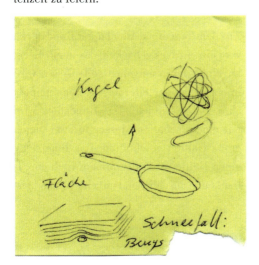

1)

Aus dem Teig dreier Hamburger Rundstücke wird ein einziges gebacken, das in möglichst kugeliger Form aufgehen soll. Dieses wird in einem Suppenteller aus weißem Steingut ohne Dekor gereicht. Das Rundstück wird mit einem scharfen Messer in zwei gleich große Hälften geschnitten. Das Innere der einen Hälfte wird mit warmer Milch durchtränkt und anschließend mit einem Löffel fest eingedrückt. Die so entstandene Schale wird mit gepökeltem und in Würfel geschnittenem Rindfleisch vollständig aufgefüllt. Darauf gibt man zwei Esslöffel Cumberlandsauce (wahlweise Vogelbeergelee) sowie einen guten Esslöffel Zimt, darüber Zucker nach Belieben. Das Ganze wird mit heißer Butter reichlich übergossen und mit der leeren Hälfte des Rundstücks bedeckt.

2)

Den allerletzten Lageräpfeln des Kellers wird über ihren Stil das Gehäuse herausgestochen, ohne die Frucht bis zu ihrer Blüte zu durchstoßen. Das Herauslösen nach oben gelingt meist mit einer leichten, verkantenden Drehung des Stechrings, sonst muss mit einem Seitenstich des feinsten Arbeitsmessers nachgeholfen werden. Nun das Innere des Apfels mit einem Kirschsteinschäler zusätzlich etwas aushöhlen, sodann den Hohlraum zu 2/3 mit einer sehr fetten, süßen Sahne (Creme Double) auffüllen und den Apfel bei mittlerer Hitze für 20 bis 25 Minuten auf dem Backblech in das Ofenrohr schieben. Die Frucht mit braunem Zucker gänzlich auffüllen und alles bei guter Oberhitze so lange backen, bis der Zucker karamellisiert bzw. er flüssig geworden ist.

Viel zu heiß servieren.

Rezepte & Notizen:

Impressum

PANTHEON PROJEKT

Herausgeber/Autor: Christoph Grau
Lektorat: Ludwig Seyfarth,
Gustav Mechlenburg
Gestaltung & Satz: Ute Radler, Hamburg
Beratung: Franziska Nast, Hamburg
Papier: Munken Lynx
Titelmotiv: Ralf Jurszo
Druck & Bindung: Druckhaus Köthen
ISBN: 978-3-941613-30-0

© Christoph Grau

Textem Verlag 2011
www.textem-verlag.de